文
景

———————

Horizon

社科新知　文艺新潮

Heldenplatz

Thomas Bernhard

英雄广场

[奥地利] 托马斯·伯恩哈德 著

马文韬 译

上海人民出版社

目　录

特立独行的伯恩哈德——伯恩哈德作品集总序

　　托马斯·伯恩哈德（1931—1989）是奥地利最有争议的作家，对他有很多称谓：阿尔卑斯山的贝克特、灾难作家、死亡作家、社会批评家、敌视人类的作家、以批判奥地利为职业的作家、夸张艺术家、语言音乐家等。我以为伯恩哈德是一位真正富有个性的作家。叔本华曾写道："每个人其实都戴着一张面具和扮演一个角色。总的来说，我们全部的社会生活就是一出持续上演的喜剧。"[1]伯恩哈德是一位憎恨面具的人。诚然，在现实社会中，绝对无遮拦是不可能的，正如伯恩哈德所说："您不会清早起来一丝不挂就离开房间到饭店大厅，也许您很愿意这样做，但您知道是不可以这样做的。"[2]是否可以说，伯恩哈德是一个经常丢掉面具的人。1968年在隆重的奥地利国家文学奖颁奖仪式上，作为获奖者的伯恩哈德在致辞时一开始便说"想到死亡，一切都是可笑的"，接着便如他在其作品中常做的那样

1　叔本华:《叔本华思想随笔》，韦启昌译，上海人民出版社，2003年，第106页。

2　Thomas Bernhard, *Gespraeche mit Krista Fleischmann*, Suhrkamp, 2006, p.43.

批评奥地利，说"国家注定是一个不断走向崩溃的造物，人民注定是卑劣和弱智……"，结果可想而知，文化部长拂袖而去，文化界名流也相继退场，颁奖会不欢而散。第二天报纸载文称伯恩哈德"狂妄"，是"玷污自己家园的人"。同年伯恩哈德获安东·维尔德甘斯奖，颁奖机构奥地利工业家协会放弃公开举行仪式，私下里把奖金和证书寄给了他。自 1963 年发表第一部长篇散文作品《严寒》后，伯恩哈德平均每年都有一两部作品问世，1970 年便获德国文学最高奖——毕希纳奖。自 1970 年代中期，他公开宣布不接受任何文学奖，他曾被德国国际笔会主席先后两次提名为诺贝尔文学奖候选人，他说如果获得此奖他也会拒绝接受。不俗的文学成就，使他登上文坛不久便拥有了保持独立品格所必要的物质基础，使他能够做到不媚俗，不迎合市场，不逢迎权势，不为名利所诱惑，他是一个连家庭羁绊也没有的、真正意义上的富有个性的自由人。如伯恩哈德所说："尽可能做到不依赖任何人和事，这是第一前提，只有这样才能自作主张，我行我素。"他说："只有真正独立的人，才能从根本上做到真正把书写好。"[1]"想到死亡，一切都是可笑的。"伯恩哈德确曾很早就与死神打过交道。1931 年，

1　Thomas Bernhard, *Gespraeche mit Krista Fleischmann*, Suhrkamp, 2006, p.110.

怀有身孕的未婚母亲专门到荷兰生下了他，然后为不耽误打工挣钱，把新生儿交给陌生人照料，伯恩哈德上学进的是德国纳粹时代的学校，甚至被关进特教所。1945年后在萨尔茨堡读天主教学校，伯恩哈德认为，那里的教育与纳粹教育方式如出一辙。不久他便弃学去店铺里当学徒。没有爱的、屈辱的童年曾使他一度产生自杀的念头。多亏在外祖父身边度过的、充满阳光的短暂岁月，让他生存下来。但长期身心备受折磨的伯恩哈德，在青年时代伊始便染上肺病，曾被医生宣判了"死刑"，他亲历了人在肉体和精神瓦解崩溃过程中的毛骨悚然的惨状。根据以上这些经历，他后来写了自传性散文系列《原因》《地下室》《呼吸》《寒冷》和《一个孩子》。躺在病床上，为抵御恐惧和寂寞他开始了写作，对他来说，写作从一开始就成为维持生存的手段。伯恩哈德幸运地摆脱了死神，同时与写作结下不解之缘。在写作的练习阶段，又作为报纸记者工作了很长时间，尤其是报道法庭审讯的工作，让他进一步认识了社会，看到面具下的真相。他的自身成长过程和社会经历构成了他写作的根基。

说到奥地利文学，在第二次世界大战后，要首先提到两位作家的名字，这就是托马斯·伯恩哈德和彼得·汉德克，他们都在1960年代登上德语国家文坛。伯恩哈德1963

年发表《严寒》引起文坛瞩目，英格博格·巴赫曼在论及伯恩哈德1960年代的小说创作时说："多年以来人们在询问新文学是什么样子，今天在伯恩哈德这里我们看到了它。"汉德克1966年以他的剧本《骂观众》把批评的矛头对准传统戏剧，指出戏剧表现世界应该不是以形象而是以语言；世界不是存在于语言之外，而是存在于语言本身；只有通过语言才能粉碎由语言所建构起来的、似乎固定不变的世界图像。伯恩哈德和汉德克的不俗表现使他们不久就被排进德语国家重要作家之列，并先后于1970年和1973年获得最重要的德国文学奖——毕希纳奖。如果说直到这个时期两位作家几乎并肩齐名，那么到了1980年代，伯恩哈德的小说、自传体散文以及戏剧的成就，特别是在他去世后的1990年代，超过了汉德克，使他成为奥地利最有名的作家。正如德国文学评论家赖希-拉尼茨基所说："最能代表当代奥地利文学的只有伯恩哈德，他同时也是我们这个时代德语文学的核心人物之一。"伯恩哈德创作甚丰，他18岁开始写作，40年中创作了5部诗集、27部长短篇散文作品（亦称小说）、18部戏剧作品，以及150多篇文章。他的作品已译成40多种文字，一些主要作品如《历代大师》《伐木》《消除》《维特根斯坦的侄子》等发行量早已超过10万册，他的戏剧作品曾在世界各大主要剧场上演。伯恩哈德逝世

4

后，他的戏剧作品在不断增加，原本被称为散文作品或小说的《严寒》《维特根斯坦的侄子》《水泥地》和《历代大师》等先后被搬上了舞台。

以批判的方式关注人生（生存和生存危机）和社会现实（人道与社会变革）是奥地利文学的传统，伯恩哈德是这个文学链条上的重要一环。如果说霍夫曼斯塔尔指出了普鲁士式的僵化，霍尔瓦特抨击了市侩习性，穆齐尔揭露了典型的动摇不定、看风使舵的卑劣，那么伯恩哈德则剖析了习惯的力量，讽喻了对存在所采取的愚钝的、不加任何审视和批评的态度。他写疾病、震惊和恐惧，写痛苦和死亡。他的作品让人们看到形形色色的生存危机，以及为维护自我而进行的各种各样的努力和奋斗。这应该说不是文学的新课题，但伯恩哈德的表现方法与众不同，既不同于卡夫卡笔下的悖谬与隐喻，也不同于荒诞派所表现的要求回答意义与世界反理性沉默之间的对峙。伯恩哈德把他散文和戏剧中人物的意图和行为方式推向极端，把他们那些总是受到威胁、受到质疑的绝对目标，他们的典型的仪式，最终同失败、可悲或死亡联系在一起。他们时而妄自尊大，时而失落可怜；他们所面临的深渊越艰险，在努力逃避时就越狼狈。如果说伯恩哈德早期作品中笼罩着较浓重的冷漠和严寒气氛，充斥着太多的痛苦、绝望和死亡，那么在后期作品中，他常常运用的、导致怪诞的夸张中，包含着巧妙的具有挑战性的幽默和讽刺。这种夸张来自严重得几乎令人绝望的生存危机，反过来它也是让世界和人变得可以忍受的唯一的途径。伯恩哈德通过作品中的人物说，我们只有把世界和其中的生活弄得滑稽可笑，我们才能生活下去，没有更好的方法。从这个意义上说，夸张也是克服生存危机的主要手段。

让我们先概略地了解一下他的主要作品的内容，虽然介绍作品的大致情节实际上不能很好地说明他的作品，因为他的作品，无论有时也称作小说的散文，还是戏剧，都不注重情节的建构。

他的成名作是小说《严寒》（1963），情节很简单：外科大夫委托实习生去荒凉的山村观察隐居在那里的他的兄弟——画家施特劳赫。26天的观察日记和6封信就是这部小说的内容，作为故事讲述者的实习生，随着观察感到越来越被画家的思路所征服，好像进入了他的世界。通过不断地引用画家的话，他的独白，展示了他的彷徨、迷惘，他的痛苦和绝望。他不能像他做医生的兄弟那样有成就，因为他的敏感和他的想象使他无法忍受自然环境的残暴。建造工厂带来的污染使他呼吸不畅；战争中大屠杀留下的埋人坑，让他感到空气似乎都因死者的叫喊而震颤。孤独、失败和恐惧使他愤懑，于是他便用漫无边际的谩骂和攻击来解脱。最后他失踪在冰天雪地里。事实表明，他的疾病是精神上的，他整个人都在瓦解，好像在洪水冲刷下大山的解体。

他的第二部长篇《精神错乱》（1967）可以作为第一部长篇的延伸，是直面瓦解和死亡的一部作品。医生欲让读大学的儿子了解真实的世界，便带他出诊。年轻人客观地叙述他所见到的充满愚钝、疾病、苦痛、疯癫和暴力的世界。他所见到的人，或者肉体在瓦解、在腐烂，如磨坊主一家；或者像把自己关在城堡里的、精神近于错乱的侯爵骚劳，他见到医生无法自制，滔滔不绝讲述起世界的可怕和无法理解。这个世界是一座死亡的学校，到处是冰冷、病态、癫狂和混乱，树林上空飞着鲨鱼，人们呼吸的是符号和数字，概念成了我们世界的形式。骚劳侯爵那段长达100多页的独白，像是精神分裂者颠三倒四的胡说八道，实际上是为了呼吸不停顿、为了免得窒息而亡的生存方式。长篇《石灰厂》（1970）的主人公退居到一个废弃的石灰厂里从事毕生所追求的关于听觉的试验。在深知自己无力完成这项试验后，他杀死了残疾的妻子，结束了自己的生命。长篇《修改》（1975）中，家道殷实的主人公不去管理家业，却专心致志耗费大量资金为妹妹造一座圆锥体建筑物，建成后，妹妹走进去却突然死亡。一心想让妹妹在此建筑中幸福生活的建造者，也随之结束了自己的生命。《水泥地》（1982）的主人公计划写一篇关于一位作曲家的学术论文，但姐姐的来访和离去都使他无法安心写作，于是他便出去旅行，期望能在旅行中安静思考。在旅馆里他想起一年半前在此度假的一个不幸的女人，她的丈夫在假期中坠楼身亡。主人公到墓地发现，墓碑上这个男人姓名的旁边竟然刻着那女人的名字。回到旅馆后他心中再也无法平静。音乐评论家雷格尔是《历代大师》（1985）的主人公，定期到艺术史博物馆坐在展览厅里注视同一幅油画。他认为只要下功夫去寻找，任何大师的名作都有缺点，而只有找出他们的缺点，他们才是可以忍受的。他恨他们同时他又感谢他们，是他们使他留在了这个世界上。但当他的妻子去世时，他才发现，使自己生活在这个世界上这么久的其实不是历代大师，而是他的妻子，他唯一的亲人。《消除》（1986）的主人公木劳为拯救他的精神生活，必须离开他成长的家乡。由于父母（当过纳粹）和兄弟遇车祸死亡，他不得不返乡。这次逗留使他看得更清楚，必须永远离开他的出生之地。他决定去描写家乡，目的是打破普遍存在的对纳粹那段历史的沉默，把所描写的一切消除掉，包括一切对家乡的理解和家乡的一切。《消除》使人想起了许多纳粹时代的、人们业已忘记了的罪行。传统的权威式教育，以及天主教与哈布斯堡王朝的合作，伤害了人们的思考能力，奥地利民族丧失了精神，成为彻底的音乐民族。

以破坏故事著称的伯恩哈德，他那有时也被称为小说的长篇散文当然没有起伏跌宕的情节，但是他对人们弱点的揶揄，对世间弊端的针砭，对伤害人性的习俗和制度的抨击，对人生的感悟，的确能吸引读者，让读者在阅读过程的每个片段都能得到启发。比如《水泥地》中对医生的批评，对慈善机构的斥责，对所谓对动物之爱的质疑，以及对不赡养老人的晚辈的讽刺；《历代大师》中对艺术人生的感悟，对社会上林林总总文化现象的思索，对社会进步的怀疑——吃的食物是化学元素，听的音乐是工业产品，以及对繁琐、冷漠的官僚机构的痛斥，等等。伯恩哈德作品的另一特点是诙谐和揶揄，把夸张作为艺术手段。比如对于《历代大师》中对包括歌德和莫扎特在内的大师们的恶评，在阅读时就不能断章取义，也不能停留在字面上，应该读出作者的用心，一方面是让人破除迷信，另一方面以此披露艺术评论家的心态，揶揄他们克服生存危机的方式。他对家乡、对他的祖国奥地利大段大段的抨击也是如此。奥地利不是像作品中所说的纳粹国家，但纳粹的影响确实没有完全消除；维也纳不是天才的坟墓，但这里的狭隘和成见也的确让许多天才艺术家出走。他的小说不能催人泪下，但能让你忍俊不禁，让你读到在别人的小说里绝对读不到的文字，从而思路开阔，有所感悟。

伯恩哈德的戏剧作品中主人公维护自尊自立、寻求克服生存危机的方式，不像他小说的主人公那样，把自己关闭在一个地方离群索居，或在广漠的乡村，或在一座孤立的建筑物中，不能不为一个计划、一个目标全力以赴，其结局或者怪诞，或者遭遇不幸和失败；而是运用仪式和活动，他们需要别人参加，而这些人到头来并不买账，于是主人公的意图、追求的目标往往以失败告终。比如他的第一个剧本《鲍里斯的节日》（1970）中，主人公是一个失去双腿的女人，她把失去双腿的鲍里斯从残疾人收养院里接了出来并与其结婚。女人强烈地想要摆脱不能独立、只能依赖他人的处境，于是便举行庆祝鲍里斯生日的仪式。她从残疾人收养院里请来13位没有双腿的客人，满足她追求与他人处境相同的欲望，对她的健康女仆百般虐待凌辱，并令其在仪式上坐轮椅，通过对他人的贬低和奴役来克服自己可怜无助的心态，通过施恩于更可怜的人得到心理上的满足。这一天不是鲍里斯的节日，而是女主人公的节日，鲍里斯在仪式结束时突然死去。1974年首演于萨尔茨堡的《习惯的力量》中，主人公马戏班班主、大提琴师加里波第，为了克服疾病、衰老和平庸混乱的现状，决定组织一个演奏小组，让马戏班的小丑、驯兽师、杂耍演员以及自己的外孙女同他一起精心排练演出弗兰茨·舒伯特的《鳟鱼五重奏》。他利用自己的权力，恩威并施地去实现这个理想，年复一年怪诞的演练变成了马戏班的常规。目的不见了，习惯掌握了权力。尽管演奏组成员不能挣脱最基本的习性和需求，排练经常变成相互厮打，与意大利民族英雄加里波第同名的马戏班班主成了习惯力量控制的奴隶。在1974年首演于维也纳城堡剧院的《狩猎的伙伴们》中，一位只配谈论死亡供人消遣的戏剧家，在将军的狩猎屋里与将军夫人打牌，谈论将军的重病，以及当初曾为将军提供庇护的这座森林发生的严重虫灾。在斯大林格勒失掉一条胳膊的将军，有权有势的强者，在听到作家告诉他其妻一直隐瞒的真相后开枪自杀了。所谓的生存的主宰者自己反倒顷刻间毁灭，怀疑、讽刺生存境况者却生存下来。剧本《伊曼努尔·康德》（1978）中，日趋衰老的哲学家康德偕夫人，有仆人带着爱鸟鹦鹉跟随，前往美国去治疗可能会导致失明的眼病，在船上遇到各种人物：百万富婆、艺术收藏家、主教、海军将领等。在他们的日常言谈话语中隐藏着残忍和偏执。作为和谐和人道思想代表的康德，在客轮鸣笛和华尔兹舞曲的干扰中开始讲课。除了他的鹦鹉，他的关于理性的讲课没有听众。轮船到达目的地后，他立即被精神病医生接走。《退休之前》（1979）涉及德国纳粹那段历史，曾是党卫军军官的法庭庭长鲁道夫·霍勒尔与其姐妹维拉和克拉拉住在一起，每年都给纳粹头子希姆莱过生日，他身穿党卫军军官制服，强迫克拉拉穿上集中营犯人的囚服。习惯了发号施令决定他人命运的霍勒尔在家里是两姐妹的权威。一个顺从他，甚至与他关系暧昧；另一个虽然恨他，诅咒他，但又不愿意离开这个家。因为他们都习惯了自己的角色，走不出他们共同演的这出戏。在这一年希姆莱生日的这天，霍勒尔饮酒过量把戏当真了，他大喊大叫不再谨慎小心："我们的好日子回来了，我们有当总统的同事，不少部长都有纳粹的背景。"最后因兴奋激动过度，导致心脏病发作倒下。1985年伯恩哈德的《戏剧人》首演，主人公是一位事业已近黄昏的艺术家，带着他的家庭剧团巡演到了一个小村镇，要在一个简陋的舞厅里演出他的大作《历史车轮》。尽管他架子很大，对演员颐指气使，同时嘴上不断把自己与歌德和莎士比亚相提并论，但他的妻子咳嗽不停，儿子手臂受伤。好歹布置好了舞台，观众也来了百十来人，可惜天不作美，一时间电闪雷鸣，观众大喊牧师院子里着火了，随之一哄而散，演出以失败告终。他不自量力地追求声望，终究未能如愿以偿。《英雄广场》(1988)是伯恩哈德最后一部戏剧作品，犹太学者舒斯特教授在纳粹统治时期流亡国外，战后应维也纳市长邀请返回维也纳，然而当他发现50年来奥地利民众对犹太人的看法并没有任何变化时，便从他在英雄广场旁的住宅楼上跳窗自杀了。其妻在葬礼那天坐在家里，仿佛听到50年前民众在广场上对希特勒演讲发出的欢呼，欢呼声愈来愈响，她终于无法忍受昏倒身亡。教授的弟弟对奥地利这个国家、对奥地利人的批判与其兄相比有过之而无不及，但他是有远见的人，他认为用生命去抗议根本没有用处。

综上所述，我们看到作品中的主人公，或者患病，或者背负着出身的负担，或者受到外界的威胁，或者同时遭受这一切，从根本上危及其生存。于是他们致力于解脱这一切，与出身、传统和其他人分离开来，尽可能完全独立，去从事某种工作，或者追求某种完美的结果。通常他们那很怪诞的工作项目演变成为一种发自内心的强迫，作为绝对的目标，不惜一切代价要去实现，这些现代堂吉诃德式人物的绝对要求、绝对目标最后成为致命的习惯。

关于夸张手法上文已有论述，这里要补充的是，几乎伯恩哈德所有作品中的主人公都有大段的对奥地利国家激烈的极端的抨击，常常表现为情绪激动的责骂，使用的字眼都是差不多的：麻木、迟钝、愚蠢、虚伪、低劣、腐败、卑鄙等。矛头所向从国家首脑到平民百姓，从政府机构到公共厕所。怎样看这些文字？第一，这些责骂并无具体内容，而且常常最后推而广之指向几乎所有国家。第二，这些责骂出自作品人物之口，往往又经过转述，或者经过转述的转述，是他们绝望地为摆脱生存困境而发泄出来的。譬如《水泥地》中的"我"在家乡佩斯卡姆想写论文，多年过去竟然一个字也写不出来，只好去西班牙，于是便开始发泄对奥地利的不满；在《历代大师》中，主人公雷格尔在失去妻子后的悲伤和绝望中，从追究有关当局对妻子死亡的罪责，直到发泄对整个国家的愤怒。第三，这些大段责骂的核心是针对与民主对立的权势，针对与变革对立的停滞，针对与敏感对立的迟钝，针对与反思相对立的忘记和粉饰，以及针对习惯带来的灾难和对灾难的习惯。所以，从根本上说，这些大段的责骂是作为艺术手段的夸张。但是其核心思想不可否认是作者的观点，这也是伯恩哈德作品的核心思想。事实证明，他那执着的，甚至体现在他遗嘱中的、坚持与其批判对象势不两立的立场，对他的国家产生了积极作用：1991年，奥地利总理弗拉尼茨基公开表示奥地利对纳粹罪行应负有责任。

可惜在很长时间里，人们没有真正理解这位极富个性的作家，他的讲话、文章和书籍不断引起指责、抗议乃至

14

轩然大波。早在 1955 年担任记者时他就因文章有毁誉嫌疑而被控告，从 1968 年在奥地利国家文学奖颁奖仪式上的获奖讲话中严厉批评奥地利引起麻烦开始，伯恩哈德就成为一个"是非作家"。1975 年与萨尔茨堡艺术节主席发生争论；1976 年他的书《原因》惹恼了萨尔茨堡神父魏森瑙尔；1978 年在《时代周报》上撰文批判奥地利政府和议会；1979 年，因不满德国语言文学科学院接纳联邦德国总统谢尔为院士而声明退出该院；同年指名攻击总理布鲁诺·克赖斯基；1984 年他的小说《伐木》因涉嫌影射攻击而被警察没收；1988 年剧作《英雄广场》在维也纳上演，舞台上，50 年前维也纳英雄广场上对希特勒的欢呼声，似乎今天仍然响在剧中人耳畔。该剧公演前就遭到围剿，媒体、某些政界人士，以及部分民众群起口诛笔伐，要取消剧作者的公民资格，某些人甚至威胁伯恩哈德要当心脑袋。公演在推迟了三周后，终于在 1988 年 11 月举行，观众十分踊跃。一出原本写一个犹太家庭的戏惊动了全国，乃至世界，整个奥地利成了舞台，全世界是观众。1989 年 2 月伯恩哈德在去世前立下遗嘱：他所有的已经发表的或尚未发表的作品，在他去世后在著作权规定的年限里，禁止在奥地利以任何形式发表。

伯恩哈德去世后，在他的故乡萨尔茨堡成立了托马斯·伯恩哈德协会，在维也纳建立了托马斯·伯恩哈德私立基金会，他在奥尔斯多夫的故居作为纪念馆对外开放。无论在德国还是在奥地利，在纪念他逝世10周年暨诞辰70周年期间都举办了各种专题研讨会、报告会和展览会。为纪念伯恩哈德诞辰75周年，德国苏尔坎普出版社在已出版了35种伯恩哈德作品的基础上，于2006年又开始编辑出版22卷的伯恩哈德全集。

今天人们对伯恩哈德的夸张艺术比较理解了，对他的幽默也比较熟悉了，他的书就是要引起人们注意那些司空见惯的事物，挑衅种种习惯的力量，揭示它们的本来面目。正如叔本华所说："真正的习惯力量，却是建立在懒惰、迟钝或者惯性之上，它希望免去我们的智力、意欲在做出新的选择时所遭遇的麻烦、困难，甚至危险。"[1]比如某些思想和观念不动声色的延续。"二战"后，人们在学校里悄悄地用基督受难像取代了希特勒肖像，但权威教育没有任何改变。他认为，从哈布斯堡王朝到第三帝国直到今天，都在竭力繁荣那艺术门类中最无妨害的音乐，在动听的乐曲声中几乎没有人发现奥地利很久没有出现像样的哲学家了。"延续不断"是灾难，而破坏、断裂则是幸运。当人们不是从字

1　叔本华：《叔本华思想随笔》，韦启昌译，上海人民出版社，2003年，第100页。

面上，而是深入字里行间，真正理解了他的夸张艺术手段时，便会发现伯恩哈德作品中体现出来的现代精神。他那十分夸张的文字，有时精确得难以置信。1966年他曾写道，我们将融合在一个欧洲里，这个统一的欧洲将在下一世纪诞生。欧洲的发展进程证实了他的预言。难怪著名奥地利女作家巴赫曼早在1969年评价伯恩哈德的作品时就说："在这些书里一切都写得那么准确……我们只是现在还不认识这写得那么准确的事情，就是说，还不认识我们自己。"

伯恩哈德的书属于那种不看则不想看，看了就难以释手的书。

德国文学评论家赖希-拉尼茨基说："有些人读伯恩哈德觉得难受，我属于读他的作品觉得是享受的那些人之列。"[1]他还说："有人为奥地利文学造出一个新概念：伯恩哈德型作家，这是有道理的。耶利内克、盖·罗特和格·容克，这些知名作家经常在伯恩哈德的影响下写作。"[2]

巴赫曼评价伯恩哈德的书时说："德语又写出了最美的作品，艺术和精神，准确、深刻和真实。"[3]

耶利内克在1989年悼念伯恩哈德逝世时说："伯恩哈

---

1 Marcel Reich-Ranicki, *Der doppelte Boden*, Frankfurt, Fischer, 1994, p.63.

2 Marcel Reich-Ranicki, *Der doppelte Boden*, Frankfurt, Fischer, 1994, p.139.

3 Ingeborg Bachmann, *Werke*, Muenchen, Piper, 1982, Bd. 4, p.363.

德是独一无二的，我们，是他的财产。"[1]

伯恩哈德是位享誉世界的作家，同时也是位地道的奥地利作家。疾病几乎折磨了他一生，他生命的最后10年可以说是命运的额外馈赠，疾病磨砺了他的目光，锻炼了他的语言。正如耶利内克所说，将他变成了奥地利的嘴，去做健康者始终觉得是不得体的事：诉说这个国家的真相。奥地利的传统，尤其是哈布斯堡帝国的历史，在他身上留下了深刻的烙印，他对奥地利的批评是出自那种真正的恨爱，正是由于对奥地利的不断的批评，奥地利早已成为他生活中不可或缺的内容。尽管谁拼命地想要属于她，她就首先把谁给踢开。上奥地利是他的家乡，维也纳是他文学活动的主要场所。家乡的许多地方与他书中人物联系在一起，书中的许多场景散发着维也纳咖啡的清香。伯恩哈德书中的语言，词语的选择和构造，发音和语调，都是典型的奥地利式的，他自己曾说："我的写作方式在德国作家那里是不可想象的，顺便说一下，我当真很讨厌德国人。"[2]顺便说的这半句就没有必要了，这就是伯恩哈德，一个极富个性的奥地利人。他的书对我们了解奥地利这个国家和她的人民是很有帮助的。这也是译者译他的书的原因之一。

1　Sepp Dreissinger, *13 Gespraeche mit Thomas Bernhard*, Weitra, 1992, p.159.

2　Sepp Dreissinger, *13 Gespraeche mit Thomas Bernhard*, Weitra, 1992, p.112.

我读伯恩哈德以来，已过去几十年，对其作品的了解在逐渐加深。首先，他喜欢大量运用多级框形结构的长句，加上他的夸张手法，他的幽默和自嘲，让你不得不反复去读，才有可能吃透他要表达的意思，才能咂摸出他作品个中滋味。他的作品文字并不艰深，结构也不复杂，叙述手段新奇而不怪诞，但是，想完全读懂伯恩哈德实属不易。赖希-拉尼茨基曾多次称，面对伯恩哈德的作品他感到发憷，他甚至害怕评论他的作品，因为找不到一种尺度去衡量，他说，伯恩哈德不是我们中的一个，他太独立特行，是极端的另类。

　　我们可能暂时还读不透他的书，或者可能常常误读他，但有一点是肯定的，我们在他的书中往往能读到在别的书中读不到的东西，他的书让我们开阔眼界，让我们重新考虑和认识那些司空见惯的事物。读他的书你不能不佩服他写得真实，他把纷乱和昏暗的事物照亮给你看，他运用的照明工具就是夸张和重复。为了真实表现世界，他从来都走自己的路，如果说他的书中也涉及爱情的话，他决不表现情色和性欲，他的文字绝对干净，他这样做可能未免太夸张了，但他的书就是要诉之于你的头脑，启迪你思考，而不追求以种种手段调动你的情愫。他是一位令人难以忘怀的作家，他去世了，但仿佛他仍在创作，因为他的戏剧作品在不断增加，他的小说《维特根斯坦的侄子》《历代大师》等，都在他去世后相继作为戏剧作品被搬上舞台。2009年年初，他生前未发表的作品《我的文学奖》一问世，便登上了畅销书排行榜首位，之前，曾在《法兰克福汇报》上连载。

伯恩哈德离开这个世界已经30多年了，但是他的感悟、他的观点仍然能触动我们，令我们关注，他的确是一位属于未来的作家。

马文韬

2009年春于芙蓉里

2023年春修改

英雄广场

如果您行走在煤市大街上

或者漫步在格拉本大街

或者沐浴在和煦的春风里沿着辛格尔路向东散步

那么一年里有几回

在这个城市里您也可能找到舒适的感觉

人　物

罗伯特·舒斯特教授

（已故的约瑟夫·舒斯特教授的兄弟）

安娜

（约瑟夫·舒斯特教授的女儿）

奥尔嘉

（约瑟夫·舒斯特教授的女儿）

卢卡斯

（约瑟夫·舒斯特教授的儿子）

黑德维希

（被称为教授夫人，约瑟夫·舒斯特教授的妻子）

利比希教授

（一位同事）

利比希太太

兰道尔先生

（一位崇拜者）

齐特尔太太

（约瑟夫·舒斯特教授的管家）

赫尔塔

（约瑟夫·舒斯特教授家的女仆）

维也纳

1988 年 3 月

第一场和第三场

在舒斯特教授的单元居室

靠近英雄广场，公寓楼四层

第二场

人民公园

葬礼之后

第一场

[宽敞的衣帽间

带有木质百叶窗的高大的窗户

左边有两道高大的房门

右边有一道同样高大的门

四面墙都装着顶天立地的衣柜

衣柜门或开或关

许多已经装好了的箱子和提包都标上了

运往英国牛津的字样

上午，早些时候

[赫尔塔手里拿着抹布站在窗旁朝下边大街
上看

齐特尔太太　[拿着带有衣架的制服套装走进来，将它挂起
并打量着

这套制服甚至可以说完好无损

只是马甲上有个小洞

教授总是说这是我到大学里讲课穿的行头

[她把制服取下来闻着，举到亮处看了看，又
把它挂起来

27

现在的一切都比五十年前

还要糟糕得多他说

我本来得去我妈妈那儿

可我一进养老院心里就恐慌

[赫尔塔开始把乱放在地上的鞋擦干净

在养老院我不是给她剪指甲

就是给她读托尔斯泰

十五年前教授跟我说

给您母亲读托尔斯泰吧

这是一种很好的治疗方法

到现在我给她整整读了十五年

[她刷着制服套装

每逢我要给她戴假牙

她就推开我

她可从来没有关心过我

我让她张嘴给她戴上假牙

她却抽我嘴巴

上年纪的人都很执拗

[闻着制服套装

教授说

他已经忍受了二十年了

谁知道假如他这回去了英国

是否还能在那里站得住脚

教授夫人始终恨维也纳这个地方

她只喜欢剧院

憎恨维也纳

如果她现在去诺伊豪斯那个小地方

肯定也住不了多久

教授夫人是个城里人

这套单元房卖掉了

卖得太匆忙

最迟本月十九日

也就是后天

就得把房子给腾出来

［赫尔塔一面站在窗户旁擦鞋一面朝下边大街看

教授去世了

你再怎么朝下看也无济于事

他也不会活过来了

自杀总归是轻率的举动

一时想不开呀

衬衫扯破了制服外套却没有

偏偏你看见了

他跳楼自杀的情形

我这一生看见过许多死人

你老是在那儿往下看

简直让我受不了

教授夫人吃午饭时又听见叫喊声了

晚饭时倒没有

刚喝了几口汤

她就脸色苍白身子硬挺

住施泰因霍夫精神病院也不再见效

教授说

您将会看到齐特尔太太

在牛津她就不会发病了

牛津那里没有英雄广场

牛津那里从来没有希特勒

牛津那里没有维也纳人

牛津那里民众不大喊大叫

赫尔塔　　教授夫人带我一起去诺伊豪斯

齐特尔太太　她需要你

我劝说了她让她明白她需要你

圣诞节期间她成天

躺在床上

到了元旦仍然这样

在诺伊豪斯也是整天躺在床上

或者无所事事地待在平台上

她要读书总是同一本老也读不完

赫尔塔 她住施泰因霍夫精神病院时我原想去看看她

齐特尔太太 她也不让我去看她

我曾给她买了很好的面点

人家告诉我

教授夫人不想见探视者

她又住在那间舒适的带阳台的病室

弗里德里希病房是为那些患精神抑郁症的

有身份的人准备的

他们其实并不是真有病

不过每逢教授夫人到精神病院

就会风寒着凉

主任医生朔贝尔教授

是库德利希教授的亲戚

舒斯特教授在英国期间

由于瓦塞保尔教授的介绍

认识了这位库德利希教授

瓦塞保尔教授的一位叔叔或者舅舅

为朔贝尔教授弄到了主任医师这个职位

赫尔塔　　　教授夫人有点不待见我

齐特尔太太　刚喝了几匙汤

她就脸色苍白身子发硬

教授夫人很孤单

教授一向待她不好

他经常对教授夫人说

你妈妈曾经是个演员

这一点我永远不会原谅你

尽管这并不是你的过错

在诺伊豪斯教授夫人常常几个星期闭门不出

教授总是说她歇斯底里

仅就她出生在林茨这一点

教授说

想起来就让人不舒服

赫尔塔　　　教授夫人不喜欢我

齐特尔太太　也同样不喜欢我

她甚至不喜欢她自己

教授说

我妻子是个不可救药的人

是个极其不幸的人

这样的人原本就不应该生下来

世上有许许多多这样的人

与这些人打交道得要小心翼翼

但是他们根本就不给你机会

教授经常说

这些人总是把一切的一切都给毁了

[闻着制服套装

每年到英国去

他都给自己买上一套

英国的制服套装

当然是最好的了

赫尔塔　　　教授有二十二套制服

齐特尔太太　可是他一直穿着的就是这一套

他要活着还能穿好多年

教授这一辈子

总是自己擦鞋

他不允许任何人给他擦鞋

我做好了油煎面糊浓汤

烧好了葱头里脊卷

吃起来味道一定会不错的

现在不去牛津了

而要搬到诺伊豪斯乡间别墅去住

教授把这套公寓房卖掉了

事情办得过于匆忙

厨房也已经清理好了

[环顾四周

今年本来得把房子整个粉刷一遍

一位波斯地毯商买了这套房子

他要彻底改变这房子的面貌

下周他就要开始动手改造了

[她从一处衣柜里取出一些鞋子扔给赫尔塔

卢卡斯先生将拿走这些鞋

他穿的鞋和教授的鞋尺码相同

教授总是说

一个正经八百的男人穿的鞋应该是四十五号

每逢教授到都灵去

都要给自己买鞋

但是他从来只穿英国鞋

[赫尔塔擦着齐特尔扔给她的那些鞋

教授去世了牛津对于我们也没有意义了

[她相继打开各个衣柜

鞋都放到那个黑亚麻布袋里

[她往一堆衣物上扔着没有洗过的衣物

这些脏衣物要送到外面洗衣店去

我不知道教授夫人是不是会把这些脏衣物

带到诺伊豪斯乡间别墅

诺伊豪斯那个地方到了三月天气还是很冷的

冬天我们还从来没有在那里待过

可是现在没有别的办法

只能到诺伊豪斯去了

他们在诺伊豪斯相识时

还不到五岁

还是小孩子就相互认识了的人

长大了成为夫妻那结果总是很糟糕

司机经常从巴登

给他们带他们喜欢吃的蜜糖

[直接朝着赫尔塔

你不能这样赫尔塔整个上午

朝下边大街看

这又有什么用处呢

[她从赫尔塔手里拿过鞋来

这哪里是擦鞋呀

[她演示给赫尔塔看应该如何擦鞋

这样这样

[她把鞋还给赫尔塔

你要是在格拉茨也只配跟在教授身后

替他拿着大衣你这笨丫头

每逢我陪他到格拉茨

我也不过总是跟在他身后

为他拿着大衣

教授憎恨格拉茨这个城市

赫尔塔　教授曾答应我

带我去格拉茨

齐特尔太太　那样的话你只配

跟在他后面替他拿着大衣

在约翰大公爵酒店

你也只能在一间小黑屋里过夜

窗户朝着厨房后头狭小的天井

教授他根本不知道还有这种房间

你要住那儿能憋闷个半死

他自己却住在酒店最好的房间里

教授是个自私的人

彻头彻尾

36

赫尔塔　　　　他的脑袋

齐特尔太太　　你都说了上百遍了

　　　　　　　他的脑袋摔扁了

　　　　　　　[抱起那一堆脏衣物，将其扔到另一个角落里

　　　　　　　教授身体没病

　　　　　　　他的兄弟罗伯特教授有病他没有病

　　　　　　　罗伯特教授打小时候起就不断生病

　　　　　　　罗伯特教授现在有严重的心脏病

　　　　　　　每逢他到这里来便气喘吁吁

　　　　　　　上四层楼他至少得歇十五次

　　　　　　　罗伯特教授并非平白无故住在诺伊豪斯

　　　　　　　因为住这里上下楼对他来说太困难

　　　　　　　他很少到这里来就是这个原因

　　　　　　　说要增设电梯说了有三十年了

　　　　　　　也许永远就是说说而已

　　　　　　　罗伯特教授站着都喘不上气来

　　　　　　　可是有时候他的呼吸又一点儿问题都没有

　　　　　　　也许这一切都与心理作用有关

赫尔塔　　　　诺伊豪斯有好多向日葵

齐特尔太太　　[拿过来熨衣架，打开来放好，开始熨衬衫

　　　　　　　罗伯特教授

心力衰竭

已到晚期

现在对他来说

是最糟糕的季节

春天对他的病最不利

他常说

如果我能熬过四月份

齐特尔太太那就算过了难关

这一整年我就又能对付过去了

他每天读《新苏黎世报》

教授经常说

在格拉茨尽是老人和愚钝的人

格拉茨以头脑愚钝闻名

他说他弄不懂

怎么会有人

那么喜欢这个城市

在格拉茨我没有地方可去

他说在那里我总感到百无聊赖

赫尔塔　　教授先生答应过我

　　　　　带我去格拉茨

齐特尔太太　谁也不必非到格拉茨不可

赫尔塔　　自杀的人不可以举办教会葬礼

齐特尔太太　反正教授不信天主教

这是教授先生的制服套装

我在洗衣店对他们说

教授昨天夜里去世了

我没有说他是从窗户跳下去的

到洗衣店去洗有血污的衣服

得给个说法

他们肯定想

他是被车轧死的

[她从连衣裙兜里拿出一把梳子，走到赫尔塔

身后为她梳头

你在餐厅里补袜子

如果教授还活着

让他知道了

让他看到了你的本来面目

我总是在教授面前为你说好话

犹太人下葬的棺材很简朴

用普通的软木也不抛光打磨

[环顾四周

教授憎恨杂乱无章

39

罗伯特教授对什么都无所谓

教授可不是这样

无论什么东西都必须放在该放的地方

教授绝对是位讲究规矩和秩序的人

窗户手柄如果没有拧到位

让他发现了可饶不了你

教授夫人也不能不倍加小心

教授二十三岁时获得过欧洲跳水冠军

锻炼得一副好身材

他憎恨收腰的衬衫

他对甜点师汉德洛斯说

在英国我吃不到您做的甜食会难受的

您知道吗汉德洛斯先生我是犹太人

为了我妻子我得返回牛津去

我会想念您做的甜点的汉德洛斯先生

牛津那里可没有汉德洛斯做的甜点

赫尔塔 　人们说自杀

真的就自杀了

齐特尔太太 ［发现赫尔塔脖领扣子开了，替她扣上

你这个星期老是站在那儿

往下边大街上看

40

你应该只穿黑色衣服

黑色最适合你

大家都总是穿得花里胡哨的

我要是穿了花衣服

教授看着就不顺眼

他喜欢我穿黑色衣服

大多数人都适合穿黑色的衣服

你应该把你那花连衣裙

都染成黑色

我也觉得你穿黑色衣服最好

[两人都往下边大街上看

赫尔塔 看起来罗伯特教授

也活不了多久了

齐特尔太太 教授总是说

罗伯特教授是个懂得生活的人

他知道应该怎样生活

[她们更靠近窗户，低头往大街上看

我可不敢从窗户往下跳

他很可能在遗嘱里

提到了你

[她为赫尔塔梳理头发

我这个人不好

他总是这样说他自己

终有一天中国将主宰世界齐特尔太太

亚洲的时代已经开始了

在牛津让您住在顶层最好的房间他说

从那里齐特尔太太您可以望到远处的田野风光

你根本就想象不出赫尔塔英国有多美

[将赫尔塔头发整理好插入发针，用双手轻轻

按压

对文化人来说在英国居住一段时间绝对必要

教授说

没有这种经历的人一辈子就算白活了

他总是这样说

这种经历肯定对你也有好处

[她回到熨衣架旁继续熨烫衣物

我将立下遗嘱教授说

把莎尔赫哈姆的那处小房子赠给您

如果我出了什么事情齐特尔太太

您可以搬过去住

赫尔塔 　教授夫人不会留在诺伊豪斯

她是城里人

齐特尔太太　　现在教授夫人想象着

她将留在诺伊豪斯

度过她的晚年

可是你会看到她马上就会返回维也纳

她不习惯乡村生活

教授总是说

乡下人抹杀情感和精神

城里和乡下纯属风马牛不相及

城里人到乡下来

很快就退化了

乡下的一切都对城里人不利

城里人在乡下会消沉萎靡和颓废

一个人很快就毁掉了

　　赫尔塔　　怪不得教授夫人住在乡下

每周都进城两次到约瑟夫城剧院看戏

齐特尔太太　　她不到城堡剧院

她去约瑟夫城剧院

她总是说

我生来就喜欢去约瑟夫城剧院

从诺伊豪斯到这个剧院交通不便

教授经常说

除了教堂乡下没有剧院之类文化设施

人就是这样一旦对戏剧上了瘾

一辈子就离不开剧院了

教授喜欢音乐他去音乐之友协会也就是金色
　　　大厅听音乐

教授夫人则去约瑟夫城剧院看戏

教授实际上只爱他的弟弟

[她叠着一件衬衫

除了他弟弟罗伯特他对谁都恨

他曾说

如果让我选择

我喜欢自己是一个法国人

不是英国人也不是俄国人

是法国人

我是一个奥地利人

这是我最大的不幸

[把衬衫熨烫得很板正

他说这话时怒气冲冲

教授给我讲

应该怎样叠衬衫

他做样子给我看

叠衬衫时怎样折叠

怎样翻转

[她给赫尔塔演示，赫尔塔转过身来看着

这样看见了吧这样

他把衬衫叠好

然后又一下子抓住衣肩举高抖搂开

再重新把它叠好

[瞧一下表

他把衬衫举起抖搂开七八次

每次又重新把它叠起来

然后他说齐特尔太太现在您来叠衬衫

要完全按着我刚才的叠法

这我做不到

我的双手颤抖

无法去叠衬衫

教授说这样看见了吗

边说边叠着衬衫袖子

这样齐特尔太太这样这样这样

最后他抓起衬衫劈头盖脸地扔了过来

让我把衬衫折叠起来

不容分说

他大叫大喊起来

不不齐特尔太太我没有发疯

我只不过讲究精确齐特尔太太我没有发疯

我只不过讲究精确齐特尔太太我没有发疯

我只不过热衷于讲究精确齐特尔太太

我没有病我没有病他高声喊叫

我只不过热衷于讲究精确

我是一个出了名的狂热地追求精确的人

舒斯特教授我做不到我做不到我说

他继续叫喊您让人无法容忍无法让人忍受

他说您这样叠衬衫这样

我真的无法去叠衬衫了

我连看也不能再看它了

[赫尔塔刷着一只鞋上的泥

他大叫着齐特尔太太齐特尔太太跑到窗旁

您看看英雄广场他大叫着您看看英雄广场

我妻子整天耳边响着英雄广场发出的叫喊

整天不间断地

不间断地不间断地齐特尔太太

这让人发疯这怎么能不让人发疯齐特尔太太

我会被弄得疯癫的弄得疯癫的

46

[赫尔塔走到窗旁朝下边大街上看

足有十年或者十一年了

教授夫人总是听见英雄广场上的叫喊

没有人听得见什么叫喊她听得见教授说

这把我弄得发疯齐特尔太太弄得我发疯

我说我当然看见了英雄广场

教授跑到窗旁

就在你现在站着的地方叫喊着

齐特尔太太齐特尔太太

他靠着窗户筋疲力尽地说

假如您齐特尔太太连熨烫过的衬衫

都不会叠

那您就不配做您现在这份工作

教授脸色煞白

他离开窗户朝我这里走来

他说现在齐特尔太太您来叠衬衫

他这回很心平气和地说

我很平静地叠着衬衫

您看齐特尔太太

您现在他说

您不要激动嘛齐特尔太太他说

47

他打量着叠好的衬衫说

您现在不要激动齐特尔太太

然后他说

来我们走请您跟我一起去厨房

您给我们煮壶茶

咱们一起喝杯茶齐特尔太太他说

[把衬衫放在一旁，又拿起第二件熨烫着

赫尔塔　今年一月

他们在施泰因霍夫精神病院的弗里德里希病房

又给教授夫人做了一次电击

齐特尔太太　但这种疗法一点用处都没有

每逢她到餐厅

立刻就听见英雄广场上的叫喊

她一再央求教授

应该放弃这处房产

但是教授就是不听

他总是说

就因为你在这儿老是听见广场上的叫喊

我就得离开这儿搬到别的地方住

这我办不到

如果我按照你的话去做

48

那就等于希特勒第二次

将我赶出我的家园

教授想他妻子堵上耳朵不就行了吗

当然这毫无用处

就是在晚上教授夫人也听见英雄广场上的叫喊

她只能紧紧地捂住耳朵

然后离开餐厅

十一二年了总是这样

他们原本可以把餐厅移到卧室那里与卧室调换

但是教授不同意

教授夫人曾建议他试一试

他也总是不答应

如果依着你教授说

你就没有一个夜晚能睡觉了

他们开始时以为

教授夫人想法把耳朵堵严实就行了

但这当然无济于事

朔贝尔教授对教授说

想解决问题只有一种可能

就是放弃这套房子

否则的话

教授夫人的病就不可能治好

假如您搬出这套房子朔贝尔教授说

教授夫人的病就会好转

教授对他妻子说

你会看到我们到了牛津

你就听不见叫喊声了

她有十年没有再听到这种叫喊

现在她听这叫喊声已经又超过十年了

这叫喊声没有毁坏她的听觉

朔贝尔教授说

但是绝对有可能

这叫喊声终有一天

会让您的夫人失去理智

朔贝尔教授说

赫尔塔 在诺伊豪斯她什么都听不到

齐特尔太太 她一回到维也纳就听见这种叫喊

教授总是说

可我不能因此就放弃这套房子

我不能这样做

[把叠好的衬衫放在一边，又拿起第三件衬衫

熨烫着，赫尔塔擦着皮鞋

50

教授滴酒不沾他喜欢音乐

他问我您喜欢萨拉萨特吗

是的当然喜欢我说

他说您喜欢听西班牙小提琴大师萨拉萨特

这很好请您齐特尔太太

以后像我刚才给您演示的那样

叠我的衬衫

您不知道您按着我的愿望叠我的衬衫

这对我何等重要

每逢他在我熨烫衬衫时突然出现

我都觉得非常可怕

他总要重复我前面所讲的那一套

他总是说

假如您喜欢萨拉萨特演奏的乐曲

就是我信任您的开始

不喜欢萨拉萨特的人

我就不信任

他们一定是些匪夷所思的人

您对古尔德怎么看

您喜欢古尔德的音乐吗

他总是一次又一次地问我

我知道我得说我喜欢古尔德

您喜欢听他的钢琴曲吗齐特尔太太

他总是问您喜欢萨拉萨特吗您喜欢古尔德吗

是的我总是回答我喜欢古尔德

我愿意听萨拉萨特的小提琴曲

愿意听古尔德的钢琴曲

他说您知道吗齐特尔太太那些不喜欢古尔德

不喜欢萨拉萨特的人

都是些很可怕的人

我不想与这些人打交道

这些不喜欢萨拉萨特

不喜欢古尔德的人是危险的人

我也要求我的妻子

喜欢萨拉萨特

喜欢听古尔德弹钢琴

齐特尔太太在这件事情上我如痴如醉

如同妖魔附体

我知道比我星期六去听萨拉萨特

或去听古尔德

还有更好的事情要做

我其实不喜欢钢琴

赫尔塔　　　教授夫人的身体在诺伊豪斯好多了

齐特尔太太　[走到脏衣物堆前，将其打包扔到另一个角落

教授夫人曾想去巴黎

教授不允许

哦她跟维特里希教授去巴黎

还想干什么呢

于是他三天没跟她讲一句话

[继续熨烫着

教授对妻子说

我是为了你才接受到牛津讲学的邀请

全是为了你

你以为不为了你我会返回牛津吗

我憎恨英国

尤其是牛津

但我怎么办呢

你在这里总是犯病

简直让我受不了

朔贝尔教授说他也主张去牛津

认为英国的气氛对你有好处

我确实没有想到

维也纳对你如此不利

赫尔塔　　　教授原本就没有再去英国的打算

齐特尔太太　他无路可走了

　　　　　　〔直面赫尔塔

　　　　　　那个房管第一个把头转到一边了吧

　　　　　　〔赫尔塔点头

　　　　　　在维也纳现在干房管的只有南斯拉夫人了

　　　　　　我要是对我妈说我太累了

　　　　　　她根本就不听

　　　　　　她总要我把小说的同一章给她读上两遍

　　　　　　教授说过您会看到您给她读托尔斯泰

　　　　　　能让她平静下来

　　　　　　你是对托尔斯泰一无所知赫尔塔

　　　　　　你的父母从来都不关心你从来就不关心

　　　　　　你妈妈是这样你爸爸也是这样

　　　　　　要不是我的话

　　　　　　是我说服了教授让他雇用你

　　　　　　我所以这样做

　　　　　　完全是为了感谢你的祖父母

　　　　　　教授问我

　　　　　　是上奥地利豪斯鲁克的人吗

　　　　　　出生在一个农民家庭的姑娘

我说是的

出生在一个农民家庭的姑娘

赫尔塔　　根本就不对

齐特尔太太　为了你我撒了多少次谎啊

我始终在教授面前为了你说假话

随时随地为了你欺骗教授

我要是不这样做你早就让他给赶出去了

赫尔塔　　你瞎说

齐特尔太太　我可不就是瞎说嘛

教授问

她不偷东西吧

我说她不偷

教授问她是否尽力帮您做事齐特尔太太

我说是的教授

我可不是在瞎说嘛

你手不老实你从来也不尽力帮我干活

你像你妈妈一样

游手好闲

做什么事都得不厌其烦地督促你鼓励你

到今天你在这个家里已经四年了吧

你学会了什么

一点儿长进也没有还是什么都做不好

我也不再教你了

没有意义

赫尔塔　教授曾经邀请我去格拉茨

齐特尔太太　格拉茨算个什么

那是个纳粹老窝

教授一再这样说

那绝不是个正经城市

叫你去你以为干什么

给他拿着大衣

教授就会利用人谁也逃脱不了

他利用我

利用教授夫人

还有他的两个女儿

利用你我利用所有的人

谈到他自己他曾说他是最最自私的人

他说过

到牛津讲学是解救我自己

对我的妻子也许就意味着没落

和毁灭

他对教授夫人说

到牛津去已成定局

我无法改变

在那里你会很快恢复健康

[直面赫尔塔，越来越激动

他对他自己的女儿心里充满了憎恨

安娜教授两年了

一次也没有过来看她的父亲

她都没有必要办理什么离婚

她早把她丈夫恶心走了

现在姊妹俩都是单身

教授怎样称呼她们你知道吗

我的两个受过高等教育的妖怪闺女

她们非把我气死不可教授说

她们扔下他不闻不问

但是他也对她们根本就漠不关心

这两女儿毫不吝惜地利用了她们的教授父亲

教授说没有什么比养活了

两个从事人文学科工作的独身女儿

更让人沮丧的了

我的女儿们就是我的掘墓人

而我的儿子卢卡斯则是一个不中用的人

几十年我们就这么眼睁睁地看着

他从一个幼稚可怜的小孩子

变成了令人讨厌的庞然大物

我们想要看到的孩子是别一种样子

可到头来我们只好接受现实

他们自幼生活在一起

几十年一起玩耍一起上学读书

一起长大成人

四十岁上突然一个个热热闹闹地结婚

然后又都马不停蹄地离婚

成了啃老一族加重了他们父亲的负担

安娜教授从来不关心她的爸爸

奥尔嘉教授对他爸爸也是不闻不问

安娜教授的眼里只有国家图书馆

世上再没有比图书馆更重要的事情

教授说假如您有一天发现

您自己的孩子个个都没有人性

我们以为我们生养了人

实际上都是些吃你的肉喝你的血的白眼狼

这世道真是疯疯混乱和歇斯底里

赫尔塔　在诺伊豪斯那个家里也没有洗衣机吗

齐特尔太太　　有钱人不懂得什么是和睦

　　　　　　　他们与争吵结下不解之缘

　　　　　　　他们都想寻找出路

　　　　　　　但是他们无法找到

　　　　　　　教授说

　　　　　　　不必可怜这些人

　　　　　　　他们不值得让人这样做

　　　　　　　可是跟你讲这些没有用赫尔塔

　　　　　　　哪怕跟你讲上几十年

　　　　　　　你也是一窍不通

　　赫尔塔　　在里斯本他总是给自己买衬衫

齐特尔太太　　但是袖子都太短

　　　　　　　就他的身高来讲他的胳膊太长

　　　　　　　他说齐特尔太太我父亲的胳膊也太长

　　　　　　　他说很奇怪齐特尔太太我不喜欢丝绸

　　　　　　　我穿不惯丝绸总觉得棉布舒适

　　　　　　　皮肤接触丝绸的感觉让我恶心齐特尔太太

　　　　　　　人人都认为丝绸作为衣料是上等佳品

　　　　　　　可我恶心齐特尔太太

　　　　　　　[把熨烫完的衬衫叠起来，瞥一眼表

　　　　　　　有钱人死后都埋在德布林公墓

59

舒斯特家在那里有一处永久坟墓

教授希望

我这样叠他的衬衫

[她把叠好的衬衫提起来抖搂开，然后边说边

把它又叠好

没有人能按照他的要求

正确地叠他的衬衫

我在这儿待了二十年了也还做不到

[她又把叠好的衬衫举起抖搂开并笑起来

看见了吧这样

[她仔细地又把衬衫叠起来

教授是位做什么都较真儿的学究

[平静地把叠好的衬衫与其他衬衫放在一起

在我们还在这套房子里的整个期间

你总不能就这么

每天都站在窗前

朝下边大街上看吧

教授走完了他的人生道路

他就是不想再回牛津了

留在维也纳他又无法再忍受下去

牛津他也不想再回去

对他来说这个结局不是悲剧

他反正已经死了

对教授夫人

对罗伯特教授

和对你这是一场悲剧

赫尔塔　［擦窗台上的尘土

教授答应过

带我去格拉茨

齐特尔太太　去格拉茨去格拉茨

教授当场就停止了呼吸

在维也纳从死到下葬

一般要持续十四天

死者在维也纳常常要在市立冷库

躺上几个星期

赫尔塔　还好教授夫人不在场

没有看到教授跳窗户摔下去的情形

齐特尔太太　真是不幸你头一个看见了教授摔死的样子

他憎恨领带和厚大衣

教授说过他生来就讨厌大衣

冬天最冷的时候他出门也不穿大衣

早上七点半钟他就去取英文报纸

他不允许我替他取

教授说

人类真正害怕的是人的精神

教授不是一个让人喜欢的人

这个星期二我妈妈九十二岁了

照我看教授甚至于是个美男子

我很高兴餐桌已经布置好了

在这个房子里只还要再做两顿饭

所有的东西都打包装箱了

[瞧着箱子提包

一切都标上了牛津的字样

现在却都要运到诺伊豪斯

[俯身去看一个大手提箱

牛津牛津

可现在都要运往诺伊豪斯了

要是这处房子不卖掉就好了

但是教授迫不及待地

把它给卖掉了

只有卢卡斯教授和安娜教授到牛津去

牛津的一位教授要来参加葬礼

[大声说

原本要把葬礼局限在家庭小范围

也只能作罢了

[复又平静下来

这些勺子本来已经包装起来了

[站起身熨烫一件衬衫

这些衬衫都得熨烫

虽然说教授已经去世了

但是可以把它们给卢卡斯教授

他穿着合适

赫尔塔　　这些鞋他穿也合适

齐特尔太太　教授说一个人如果看不到出路了

就得自杀

[直接对赫尔塔说

把餐厅的窗户和百叶窗都打开

让新鲜空气进来

[赫尔塔走了出去

齐特尔太太朝餐厅里大声说

教授最小的弟弟

在诺伊豪斯跳窗户了

那是一九三八年

立刻就没命了

才十九岁

还在读大学

把教授难过得

好多年都没缓过劲来

这个家庭有自杀的传统

教授说

我们得比其他人先走一步

赫尔塔你要把百叶窗全打开

让新鲜空气进得来

[可以听到开窗户和打开百叶窗的声响

要是按照教授夫人的意思办

你现在就不是在这儿了

你仍然还能留在这个家庭里

得感谢我赫尔塔

她不喜欢新鲜空气

我有两次陪教授到格拉茨

住在约翰大公爵酒店

照料患了感冒的教授

你都想象不到

他是多么能折腾人

有什么办法只能听他摆布

大家不也都总是得顺着他吗

卢卡斯教授也是他的牺牲品

他的俩女儿更不用说了

他对奥尔嘉教授比对安娜教授管教得更严

两个人谁都没有开心的时候

整天没有笑模样

她们小时候甚至玩雪橇

教授都不允许

说到底他不允许她们自作主张做任何事情

他总是害怕

她们会伤着自己

[赫尔塔打开餐厅百叶窗动静很大，在衣帽间

里听得很清楚

问题是

她们怎么受得了这种对待

对教授来说

谁都永远是无足轻重的

他折磨他们

他有一回说

唯一有点用处的人是您齐特尔太太

这种话听过后是不会忘记的

　　　　　　[朝餐厅里大声说

　　　　　　八套餐具赫尔塔

　　　　　　要八套餐具八套

　　　　　　利比希太太利比希教授还有兰道尔先生

赫尔塔　　　[大声回答

　　　　　　八套八套餐具齐特尔太太

齐特尔太太　教授说

　　　　　　每当我在牛津

　　　　　　才能感到轻松些

　　　　　　现在维也纳这里

　　　　　　比五十年前还要糟齐特尔太太

　　　　　　他们往我女儿身上吐口水齐特尔太太

　　　　　　每天都担惊受怕齐特尔太太

　　　　　　我简直受不了

　　　　　　我太老了身体太弱了

　　　　　　忍受不了奥地利

　　　　　　在维也纳这里没法过人的生活

　　　　　　仅仅因为我妻子的精神疾患

　　　　　　我也得离开维也纳

　　　　　　她现在夜里

　　　　　　也听见英雄广场在喊叫

66

我不该退出英国籍

这是个错误

［赫尔塔走进来继续擦鞋

教授说

每当我们离开家门

外面的情景常常让我们目瞪口呆

由于仇恨

人们对犹太人百般嘲笑捉弄

这股风已经吹进了大学齐特尔太太

教授说就是在街头

买个小面包也战战兢兢

地下室的那些箱子通通运往诺伊豪斯

邮局本来可以把它们早都取走了

卢卡斯肯定获得其中的大部分

安娜教授请了假

奥尔嘉教授也歇假四周

她说她看望母亲

她经常这样说

在德布林公墓

想必得穿暖和些

［她叠着衬衫

熨烫是一门技艺

教授曾这样说

熨烫总是不受重视

其实熨烫技艺是高超的技艺之一

[她走到窗前与赫尔塔一起朝下边大街看

罗伯特教授与教授夫人

一同住在诺伊豪斯乡间别墅

看情形他忍受不了多久了

他不喜欢他这位嫂子

与教授夫人同住在一个屋檐下

谁也受不了

教授夫人在诺伊豪斯只是坐在靠背椅里读书

一周两次她让人开车送她

到约瑟夫城剧院看戏

是她决定雇用我

不是教授

教授根本就不想用我作管家

他不情愿地接受了我

[她从一衣柜里取出许多手杖

我也不特别想在他家里做事

是我妈妈她要我做

她说能在名教授家里做事

这机会难得不能错过

[她拿着这些手杖到窗户前朝下边看着

我妈妈容不得人家不服从她

现在情况不一样了

现在做女儿的都按自己的意愿行事

当年可不是这样

父母对子女除了命令还是命令

这些命令毫无例外都被执行了

教授曾问过我

您知道怎样接待客人吗

[她拿着手杖走到桌旁

我什么也没有回答

他说您自然不知道

他又问您知道怎样与客人道别吗

您自然不知道

可爱的太太教授说

在我这儿您什么都会学会

我妻子坚持

要我雇用您

可我觉得您在这儿完全不合适

[她把教授散步用的手杖放到桌上，用一块抹布
擦着

这一家人每个人都曾住过施泰因霍夫精神病院

教授经常说

我们每一个人都曾在那里待过

所谓比较优秀的维也纳人

都至少到那里去过一次

哪怕只是一次门诊

男人们和施泰因霍夫精神病院的关联

要比女人深得多

我们大多数人最终

都死在精神病院

教授说可以这样讲

对我们大多数人而言

施泰因霍夫是我们人生的终点站

我们这些人只有在施泰因霍夫才能得到

较高的或者最高级的承认和赞许

[她把手杖用绳子捆起来

教授本人曾在那里住过三次

在二战前

舒斯特一家是从施泰因霍夫去英国的

70

他们在施泰因霍夫聚齐

然后趁夜间去了英国

曾在十二月份到过我们这里的

施特洛茨卡教授

为教授谋求到在牛津的教学位置

[她把捆好了的手杖放到一角落里，转身走到

窗旁朝下边大街望去

对赫尔塔

他们本来要带你去英国的

假如你会英语

可是你根本就不努力

你原本可以在四年里把英语学得很好

现在说这个已经没有意义了

教授如果事先知道

你根本就不会英语

那他就不雇用你了

他以为一个人会英语是不言而喻的事情

如果树叶都掉光了

从这里隔着霍夫堡皇宫玻璃窗户

甚至可以看到坐在里面的人

他们在这个季节里每天上午

71

还总是开着灯

每逢星期六教授最喜欢

到人民公园的迈尔赖咖啡馆吃早餐

有一回当他在那儿用餐时

一只麻雀也许正巧拉肚子

把屎拉到了他的肩膀上

[转过身来

教授夫人特别不愿意做饭

现在我们可以往汤里

放一些小茴香

教授去世了

他不喜欢汤里放茴香

[看表

我妈妈当时一定要去

克里岑多夫天主教疗养院

我说还是去市立疗养院

可是她就是听不进去

坚持要去天主教疗养院

[她边走边朝各个衣柜里看着

她想要买新的睡衣

教授愿意送给我这笔钱

在格拉茨我一向无法正常呼吸

那里的空气坏极了

人们总是说林茨的空气最差

其实格拉茨的空气最糟糕

[她朝桌子下面看

在牛津他们想要

把房子按英国的风格布置

你要是到了那里会感到舒适的

但是他们是不会带你一道去的

[她从右侧的门走出去

赫尔塔瞧着她的背影

齐特尔太太复又上场手捧插满剑兰的大花瓶

走到桌子前站住

教授去世了

我想现在我可以在这儿摆花了

[她把花瓶放到桌子上，退后几步以便更好地
观看

教授憎恨鲜花

他从不让我在房里摆花

多美的剑兰哪

[她整理了一下花瓶中的花，又退后几步观

73

看着

剑兰教授说

有一种令人窒息的气味

[她整理着花瓶中的剑兰

也不适合摆在餐厅里

[她拿着花瓶走进餐厅朝外大声说

这花放在餐厅里不合适

[赫尔塔走到餐厅门口朝里边望着

明天我干脆把这花

拿到公墓去好了

[回到衣帽间

教授不容许在他的葬礼上

有鲜花

他说过

葬礼上他不要鲜花

他让他的兄弟答应他

他的葬礼只要他兄弟一个人去

他曾经说

哪怕是我妻子

也不许到我的葬礼上去

只要一想到

这些等闲之辈都站在我的墓旁

心里就难以忍受

[她从角落里放置的脏衣物堆里取出多件换洗

衣物审视着

赫尔塔　下一个就轮到罗伯特教授了

齐特尔太太　德布林公墓是我最喜欢的公墓

许多名人的墓地都在那里

等你以后岁数大些了

就能够和死亡打交道了

我在魏林格尔大街

给我妈妈买睡衣

十五年了没有一句感谢的话

每当念完了托尔斯泰

她便要求我再从头开始

她不要听别的

失明是最糟糕的事情小姑娘

老年人难伺候

我说改读果戈理吧

教授他曾说过

要我试试读果戈理给她听

他说齐特尔太太

果戈理会让您母亲快乐的

可是妈妈不容许我这样做

她总是要托尔斯泰托尔斯泰

上周教授突然想知道

我什么时候失去了处女身份

他说齐特尔太太您满脸通红

他边说边笑起来

这是他最后一次这么大声地笑

卢卡斯先生不开车送他姐姐回家

却送尼德赖特女士

首先送尼德赖特女士

然后送他母亲

我的上帝你什么都不知道呀

尼德赖特女士已经结过两次婚了

先是和一位土耳其先生

后来和一位矿泉水厂老板

她继承了这位老板的一切财产

很可能她和卢卡斯先生一起

去牛津

教授总是说赫尔塔这姑娘吃得下睡得香

笨人无忧嘛

赫尔塔　　你瞎编

　　　　　这不是真的

齐特尔太太　当然是真的

　　　　　教授说过

　　　　　如果您

　　　　　能找到一个姑娘

　　　　　替您来做那些您感到讨厌的工作

　　　　　跟您又有点亲戚关系

　　　　　我就雇用她

　　　　　我就想到了你

　　　　　我说我和你是亲戚

　　　　　〔熨烫一件衬衫

　　　　　熨烫衬衫

　　　　　必须从外往里

　　　　　这样衣领周围就没有褶子

　　　　　教授甚至有一回

　　　　　想送你到位于格兰青的

　　　　　护理学校去学习

　　　　　但我劝他不必这样做

　　　　　我说这对赫尔塔没有什么用处

　　　　　只能白花钱

她不是这个材料

如果你和教授去了格拉茨

那你也只能跟在他身后

给他拿大衣

在我妈妈那儿

不是给她剪指甲

就是给她读托尔斯泰

赫尔塔　　卢卡斯先生不在家吃晚饭

齐特尔太太　　教授总是说

我觉得自己似乎是生活在一座博物馆里

教授是一个很敏感的人

罗伯特教授仍然还在写诗

冬季他总是在星期日朗诵他写的诗

罗伯特教授说

如果我们挨过了四月

那我们就算得救了

［看表

在诺伊豪斯那个家里

我总是没日没夜地刷地板

现在我可不再做了

教授夫人就是求我十次百次

我也不做

以前我那样做是为了教授

为了他我什么都做

可是为教授夫人我就不情愿去做了

她老是在那儿发号施令

赫尔塔　教授也老是发号施令

齐特尔太太　那可不一样

赫尔塔　为什么说不一样

齐特尔太太　这你不懂

教授是位高贵的人

是我认识的

最高贵的人

在诺伊豪斯别墅

我经常把折叠椅搬到平台上

再搬回房里

教授夫人一会儿要坐在外面

一会儿又想坐在里面

在诺伊豪斯教授夫人的折腾劲儿让人受不了

在维也纳就不一样了

她就不能为所欲为

知道得收敛和克制自己

教授不允许她

到大学里边去

[从手提箱里取出刚刚熨烫好的衬衫点数着

一辈子总像生活在博物馆里

教授说

他原本不应该再回到奥地利

在牛津的日子

他们过得很惬意

你根本无法设想

教授在牛津也是很有名望的

罗伯特教授邀请我去萨尔曼斯多夫

他说现在我哥哥不在了

您可以在夏天到我这里来

我不想去

[把点数过的衬衫重新放回箱子里

罗伯特教授一再想要

我去萨尔曼斯多夫他的家里

他是个时刻需要别人照料的人

我要是答应去他那儿

非发疯不可

教授总是说

他的弟弟罗伯特会先他而死

罗伯特教授的确一直有病

而他这位教授哥哥却总是那么健康

罗伯特教授经常说

我哥哥一定是个老寿星

[她靠在桌旁

他们事先就把钢琴运过去了

以船运的方式

我一向认为

应该把袜子放得整齐有序

袜子和衬衫

[她走到窗前站在赫尔塔旁边

还没有走到床边

我妈妈就要我

给她念书听

[转过身环顾着衣帽间

教授说

齐特尔太太在残疾人面前一定要当心

尤其是在盲人面前

教授看人的眼力可不一般

[她发现桌子上有灰尘，一面拿起一块抹布擦

桌子，一面打量着桌面

教授夫人一进来

立刻就会看到桌子上有尘土

维也纳的有钱人

死后都埋在德布林公墓

我相信马特斯堡的酿醋厂

至今仍然是属于她的财产

教授从来不关心钱的事情

[她仔细看着桌面，然后直起身来

为什么教授把这房子卖掉了

那是因为教授夫人一再唠叨

要他别把房子卖掉

没完没了地唠叨恳求

结果教授下了决心

把房子卖给一个波斯人

[直接朝着赫尔塔说

你现在没有父母了

也许你应该感到幸运

[她又俯身去擦桌腿

人们总是怜悯那些没有父母的人

教授说

其实这些人因祸得福受益终身

[她站起身直接对赫尔塔说

我让你讨厌对吧

我知道你心里在想什么

这个六十多岁的女儿

给她九十二岁的母亲

当牛做马

[看表，然后朝门口看着

每次罗伯特教授在这儿过夜

我都整个晚上没法睡觉

他没完没了地要这个要那个

他一进房门

你得立刻就过去为他把帽子摘下来

教授说

我始终认为

维也纳就是我葬身之地

在牛津和在维也纳一样

我也同样感觉不到是在家里

[她拿起一套制服举起来

教授一定早就知道

他将要做什么

教授并没有疯癫

教授的理智很健全

他并不消极厌世

他的家庭始终不理解他

他的儿子不理解他

他的女儿不理解他

教授说

一个有思想注重精神生活的人

永远也不被人理解

永远生活在被人误解之中

一辈子孑然一身孤家寡人

尽管其他人在他身边也冷得要命

[她凑近制服闻着

我不该把这套制服送进洗衣店

这是我的过错

我请求罗伯特教授

把这套制服送给我

[她又把制服举高

教授穿这套衣服

穿了三十年

[她拿来针线准备缝补马甲上那个小洞

尽管我们不得不和那些可爱的人分离

[她把马甲放到桌上

他们那可爱的衣物会陪伴着我们

教授当时别无选择

也许是因为天气

他还说他要去摩尔理发店

接教授夫人

每星期四在去约瑟夫城剧院之前

教授夫人总是先去摩尔理发店

[她把没有马甲的制服挂起来，边扣上衣扣子

边说

儿子总是给他添乱

女儿稍好一些

女儿们让他管得还算听话

他儿子卢卡斯教授毁掉了他父亲的生活

在维也纳他早就感到对一切都厌烦

他说他每次去城里都是硬着头皮

[直接对赫尔塔说

他把你带到牛津派不上用场

你在这儿待的时间不短了吧

你学到了什么还不是什么也不懂

[她把马甲摆好准备缝补，然后朝地上的箱子

看着

到头来

一切还都得我动手干

除了我

有谁在这个家里真正干点什么事情

十二三个箱子手提包

幸好至少有几张桌子和扶手椅还在

还有床

今天罗伯特教授很可能会在我们这儿过夜

如果我对我妈妈说活儿太多我太累了

她从来都不能体谅

[环视着衣帽间

四十年啊在这里很少听到一句表扬的话

可是我从来没有

离开这里的想法我做不到

我永远不能把教授一个人扔下不管

他一直需要我

[对赫尔塔说

谁一旦离开乡村到了大城市

就再也不能回去了

星期二我去看我妈妈

教授一向憎恨养老院

他总是说我受不了养老院里那种味道

他说齐特尔太太

您可得留神

别生病

您病不起

赫尔塔 [手里拿着抹布朝下边大街上望着

教授先生曾说

要在格拉茨给我买几双鞋

齐特尔太太 每当我们去格拉茨

他也答应给我买鞋

但他在格拉茨从来没有给我买过鞋

[她关上箱子，然后抬头朝赫尔塔说

是教授劝我

说我得给我妈妈读托尔斯泰

每当我到养老院晚了点我妈就威胁我

骂我

[她走向赫尔塔，轻轻地按着她的头发

两个人都朝窗外看着

主人们马上就要到了

87

第二场

[人民公园

中午

阴天

[安娜和奥尔嘉参加完父亲的葬礼走在回家的
路上；罗伯特·舒斯特教授，她们的叔叔，落
在后头，还看不到他的身影；背景里城堡剧院
依稀可见

安　娜　[在长椅前几步远的地方站住
　　　　这是我经历的
　　　　最短的一次葬礼
　　　　也是最可怕的一次

奥尔嘉　[也停了下来
　　　　卖掉牛津的房子
　　　　不会太容易
　　　　我们寻找这处房产
　　　　花费了半年时间
　　　　都快不抱希望的时候才找到了它
　　　　现在又得把它卖掉了

88

安　娜　［回头看着

　　　　　父亲最怕回牛津

　　　　　那里所有他认识的人

　　　　　都相继去世了

　　　　　在牛津他没有什么熟人了

　　　　　他憎恨维也纳

　　　　　但是在牛津

　　　　　他已经找不到

　　　　　他曾经感到如数家珍那样的事物

　　　　　牛津的一切让人有恍如隔世的感觉了

奥尔嘉　人们可以看到他心中的悲苦

　　　　　他忍受不住了

　　　　　现在看来

　　　　　假如他几年前就返回牛津

　　　　　也无济于事

安　娜　那时他不可能

　　　　　得到教授的位置

　　　　　施特洛茨卡教授这一回对他的鼎力推荐

　　　　　也是期望他不负众望

奥尔嘉　到牛津这主意是母亲出的呀

安　娜　母亲可不想再回牛津了

她只不过是勉强同意罢了

母亲本想在维也纳换个地方住

不是要到牛津

无论她想要什么其实都一样

父亲从来也没有满足过她的愿望

母亲怎么想对父亲来说都无关紧要

母亲的意愿从来没有实现过

对我来说牛津就是一场噩梦

但是我觉得维也纳每天都是

更可怕的噩梦

我在这里的确无法再待下去了

每天一睁眼心里就充满了恐惧

今天的状况

和一九三八年相比有过之而无不及

现在维也纳的纳粹

比一九三八年还要多

你将会看到

一切最终都会变得很糟糕

不需要头脑如何敏锐

一般的人都能看得出来

他们现在从被堵塞了四十多年的各个洞穴里

又陆续爬了出来

你只要随便跟一个什么人谈谈话

没多大一会儿就显露出来

这个人是个纳粹

无论你是去面包铺

还是到洗衣店药房

还是去市场

我认为在国家图书馆

我的周围都是纳粹

他们只不过都埋伏着

信号一到便会公开向我们发动进攻

[她大声喊着

别着急罗伯特叔叔

慢慢走我们在这儿等着

[对奥尔嘉

在奥地利今天你要么信仰天主教

要么追随纳粹主义

而且得是百分之百的天主教徒

得是地地道道的纳粹才行

其他一切都不允许存在

其他一切都将被消灭

奥尔嘉　　母亲在诺伊豪斯忍受不了多久

安　　娜　　星期六约瑟夫城剧院上演《明娜·封·巴尔

　　　　　　海姆》

　　　　　　她肯定去看戏

　　　　　　在诺伊豪斯她可以对齐特尔发号施令

奥尔嘉　　那赫尔塔呢

　　　　　　她也带她去吗

安　　娜　　赫尔塔就无足轻重了

　　　　　　她尽可以留着她

　　　　　　齐特尔已经不能

　　　　　　再干粗活了

　　　　　　齐特尔现在的地位已经相当于家庭主妇

　　　　　　其次才是管家

　　　　　　父亲在最近几年里

　　　　　　与齐特尔在一起聊天的次数

　　　　　　要比与母亲多得多

　　　　　　无论什么事没有齐特尔都不行了

奥尔嘉　　她母亲还活着吗

安　　娜　　她母亲已经九十二岁了

　　　　　　住在克里岑多夫养老院里

　　　　　　是父亲支付的这笔费用

现在不可能再这样做了

奥尔嘉　母亲不仅有退休金的收入

安　娜　她还仍然拥有

酿醋厂

和制帽厂

虽然她不再具体管理

但她的收益却十分可观

即使父亲也无法关闭这些工厂

〔朝叔叔喊着

罗伯特叔叔我们在这儿等着

我们有时间

齐特尔为我们准备了饭菜

〔对奥尔嘉

在牛津他想完成他那本书

也许现在整个这本书都没有希望了

钢琴已率先运走了

真是荒谬

只要我还能在国家图书馆工作

那么一切就还正常

可是我常常感到在那里无法忍受

你想象不到

那里的人是多么无聊和愚蠢

那位馆长真叫人受不了

午饭时他就坐在

我对面

他不是萨尔茨堡人就是蒂罗尔人

每次他一出现

我的胃口就没有了

我的上帝这些人

我们这里的人事安排

一切都唯党派政治利益是从

这些人要想升迁到高端岗位

他们的头脑愚蠢和狭隘得还不够呢

到处都是这些愚钝的人占据着位子

这种情况父亲始终无法忍受

他的精神几乎达到要疯癫的程度

大学里也尽是些笨蛋和白痴

他这二十年承受着多大的痛苦啊

他的那些同事

是施泰尔马克的笨蛋和萨尔茨堡的白痴

到处都在为了名誉和地位而投机钻营

这个城市的精神生活

几乎在卑劣无耻

和狭隘愚钝中窒息

父亲曾说过

我的同事中百分之九十是纳粹

在他们身上体现出来的不是天主教的冥顽

就是纳粹主义的愚钝

卑鄙和厚颜无耻是他们的共性

维也纳完全成为愚钝狭隘和卑鄙无耻的象征

像父亲这样一个人生活在这里

连一个能够谈话的对象也找不到

最终他只有与罗伯特叔叔交流这唯一的可能了

奥尔嘉　你不一定

非去国家图书馆工作嘛

安　娜　那么去哪儿呢

没有国家图书馆这份工作

我根本就无法忍受这一切

没有这份工作

我这一辈子又能做什么呢

你别不是认为

我可以无所事事地整天在家里待着吧

这我可永远做不到

像母亲那样坐等工厂的红利

这样的生活永远让我不寒而栗

母亲本该也有些精神生活

那样她就不会走到今天这个地步

定期到约瑟夫城剧院只不过是一种怪癖

在疾病中寻求庇护也只能是徒劳

要我也去看《明娜·封·巴尔海姆》吗

这不是精神生活

对这些人来说剧院只不过是消食的地方

奥尔嘉 要是也不上剧院

她可就什么乐趣也没有了

安　娜 母亲真是可怜呀

说到底母亲是被父亲给毁了

奥尔嘉 父亲被母亲

安　娜 人们总是相互伤害

夫妻之间也是如此

问题只是谁先被谁灭掉

谁先让自己毁掉

让自己被消灭

婚姻就是建立在这样的基础之上

为此他们各有自己的歌各唱自己的调

母亲那经常发作的病

就是她手中的王牌

以此为手段她控制父亲长达二十年

开始也许并不是做戏

也许现在也不是做戏

然而这确实就是一场戏

［朝叔叔喊

罗伯特叔叔不必着急我们有时间

［对奥尔嘉

其实现在也是罗伯特叔叔的末日

只不过罗伯特叔叔不属于会自杀的那类人

像罗伯特叔叔那样的人

不会从窗户里往下跳

他们也不会被纳粹驱逐

他们在大多数情况下无视周围的一切

只有像父亲这样一些人是危险的

他们不间断地去听去看

因此他们总是感到恐怖

罗伯特叔叔就不总是担惊受怕

罗伯特叔叔直到今天还在享受着生活

父亲从来没有享受过生活

罗伯特叔叔生来就是享受者

罗伯特叔叔实际上也不相信

归根结底在维也纳只有纳粹

他听人这么说但他不相信

并且根本不往心里去

因此他在诺伊豪斯就过得下去

音乐之友协会的音乐会上观众是清一色的纳粹

这也没有让他在那里如坐针毡

罗伯特叔叔仍可以倾听贝多芬的音乐

而不马上想到纽伦堡的帝国党代表大会

父亲就做不到

我们总是更喜欢和罗伯特叔叔在一起

而不是和父亲不是吗

早在儿童时代只要有可能无论什么时候

我们都跑到罗伯特叔叔那儿

我们觉得父亲太危险

动脑筋思考的人一向是危险的人

能够坦然倾听贝多芬的人

更让人喜欢

因为有罗伯特叔叔

我们度过了一个美好的童年

奥尔嘉　　但是父亲也定期地

　　　　　　去音乐之友协会的金色大厅听音乐

安　　娜　　但是他在那里

　　　　　　精神双倍地紧张

　　　　　　他首先得尽量设法

　　　　　　让自己觉察不到周围听众的国家社会主义思想

　　　　　　就是说得闭着眼睛堵着耳朵

　　　　　　然后才能听音乐

　　　　　　他觉得这太可怕了

　　　　　　这哪里是欣赏音乐啊

　　　　　　父亲生活得太累了

　　　　　　他曾以为可以在牛津再次

　　　　　　从头开始

　　　　　　但是他错了

　　　　　　这是行不通的

　　　　　　在维也纳忍受了二十年

　　　　　　一个人抵抗着一切

　　　　　　然后干脆又要返回牛津

奥尔嘉　　〔观察着罗伯特叔叔

　　　　　　罗伯特叔叔

　　　　　　从来都不理解父亲

安　娜　他们两个人彼此很爱对方

　　　　爱得胜过一切

　　　　但是他们相互从来不能理解

奥尔嘉　我对罗伯特叔叔说过

　　　　天气这样寒冷这样糟糕

　　　　你不必非来参加葬礼

安　娜　弟弟参加哥哥的葬礼

　　　　是当然的事情哪有不来之理

奥尔嘉　没有想到

　　　　葬礼这么快就结束了

安　娜　没有什么墓前演说

　　　　天气又这样坏

　　　　来的人也不多

　　　　当然就简短了

　　　　我在德布林公墓

　　　　如同在家里一样

　　　　在维也纳城里就没有这样的感觉

　　　　可是每逢来到德布林公墓

　　　　我总有如同在家里一样的感觉

　　　　因为我们和父母一起

　　　　经常到德布林公墓这里来

奥尔嘉〔谈罗伯特叔叔

　　　　罗伯特叔叔老了

　　　　他总停住脚步

　　　　观看着那些乌鸦

安　娜　呼吸困难的人

　　　　都是这样

　　　　别人还以为这是热爱动物的表现

　　　　罗伯特叔叔一直是

　　　　哲学教授

　　　　但父亲比起他来更有哲学头脑

　　　　父亲曾说过你们的叔叔罗伯特

　　　　不知从何时起开始落伍了

　　　　起初两个人可以说并驾齐驱

　　　　但是后来罗伯特叔叔就落在了后边

　　　　罗伯特叔叔

　　　　是一位厚道和善的人父亲不是

　　　　父亲这个人总让人难以捉摸

　　　　其实跟父亲结婚的人

　　　　不是母亲而是齐特尔太太

　　　　母亲总是只让他心烦

　　　　他不知道怎样与母亲共同生活

而齐特尔太太

却逐渐变成了

他的真正的生活伴侣

母亲对他来说反倒无足轻重了

甚至成了他的累赘

在他的心目中成了可有可无的人了

母亲因此也不再努力上进了

几十年来父亲总是说

母亲的头脑空空如也

而齐特尔太太呢

甚至用英语和父亲聊天

父亲在家里也只能和她

讨论一些哲学观点

母亲脑子里

只有酿醋厂和制帽厂

齐特尔太太呢读起笛卡尔和斯宾诺莎来了

齐特尔太太成了他的宠儿

母亲则做不到

她也不愿意这样做

母亲在家庭里只还掌握着社会交际

父亲对此不感兴趣

　　　　　　　他憎恨交际和聚会

　　　　　　　他称自己是社交和聚会的

　　　　　　　敌对者

　　　　　　　罗伯特叔叔总是很高兴参加

　　　　　　　各种聚会

　　　　　　　即使那些非常令人讨厌的也照去不误

　　奥尔嘉　　[在安娜朝前看着说着时，奥尔嘉转身朝罗伯

　　　　　　　特叔叔走去，领着拄着两根手杖的叔叔来到

　　　　　　　长椅前

　　　　　　　齐特尔在这里再做一顿饭

　　　　　　　明天还有一顿早餐

　　　　　　　在这处公寓

　　　　　　　你今天就不要返回诺伊豪斯了

罗伯特教授　好的好的俄国乌鸦还在这儿呢

　　奥尔嘉　　齐特尔无论如何

　　　　　　　和你一起去诺伊豪斯

罗伯特教授　[对转过身来的安娜说

　　　　　　　你们什么时候出发去牛津

　　安　娜　　后天罗伯特叔叔

　　　　　　　按照计划

罗伯特教授　卖掉那里的房子

不容易啊

你当时买下它就花费了不少力气

安　　娜　这样的房产在英国

很难卖

先是找到这样的房子很难

然后要卖掉几乎没有可能

罗伯特教授　我想这样的房子

也只好赔本卖了

安　　娜　我和卢卡斯

也许要在牛津待一段时间

那房子需要整理布置一下

罗伯特教授　用这笔钱在诺伊豪斯

你们能买到一处既大又漂亮的房产

安　　娜　父亲要返回牛津

而不是诺伊豪斯

罗伯特教授　他以为他能顺利地返回牛津

其实他想错了

直到最后他才认识到

这是不可能的

我很习惯住在诺伊豪斯

[环顾四周

这个季节

在维也纳生活对我来说太吃力了

维也纳的三月让我很难忍受

直到六月初维也纳都不适合我

安　娜　在诺伊豪斯你过得很滋润

你在那里母亲很高兴

没有你在诺伊豪斯母亲会更萎靡不振

罗伯特教授　诺伊豪斯那里尽是老年人

他们在维也纳过不惯了

上了年纪的生病的还有残疾人

都去了那里

可我是从小时候起就喜欢那个地方

你母亲肯定在那里过得艰难

她总是憎恨诺伊豪斯

你父亲把她驱逐到了那里

现在她在那里也习惯了

但是她整天坐在扶手椅上

不是在平台上就是在餐厅里

这个女人也是交了厄运

我经常对你们的父亲说

她要是文学作品里的人物该多好

	但她生活在现实里
	这就是她的不幸
奥尔嘉	你想坐下吗
罗伯特教授	〔在她侄女的帮助下坐到长椅上
	维也纳的三月仍是严冬
	维也纳人说一月底已经是春天了
	可是我觉得三月底依然天寒地冻
	在我读大学的时候
	中午总是到人民公园用餐
	你们的父亲则不然
	除了吃早点
	他总是立刻就去绅士胡同
	那里有正经的饭馆
	吃早点他经常是在迈尔赖咖啡馆
安　娜	诺伊豪斯要修建一条大路穿过公园
	你怎么看罗伯特叔叔
	采取什么措施表示反对了吗
罗伯特教授	修路不是一朝一夕的事
	我肯定活不到那时候了
	总得个五六年吧
	我见不到了

安　娜　可是这会让地产贬值的

罗伯特教授　这是可能的

安　娜　母亲给市长

写了抗议书

罗伯特教授　这个我知道

我不抗议

我对什么都不抗议

我对什么都不再抗议了

到了晚年不可能再抗议这抗议那了

安　娜　你也应该给市长

写抗议信

给部里

你这样做有分量

比其他什么人写都管用

罗伯特教授　我不写抗议书

这条路是否通过公园

跟我没有关系

安　娜　你这样做没道理叔叔

就是为了我们你也得写抗议书啊

罗伯特教授　我这一生抗议书还写得少吗

有什么用处还不是徒劳一场

安　娜　我们起草抗议书

你只要签个名就可以了

你帮我们看一看

我们把它誊写一遍

你在上面只签个名就行了

罗伯特教授　建不建这条路

我的确觉得都无所谓

这件事与我无关

安　娜　要是我父亲在肯定要抗议的

多美的苹果园哪

罗伯特教授　你们的父亲也无法让我动笔

写这样的抗议书

除非他们要把我的房子夷为平地

那我才写

现在这种情况

苹果树都是些老树了

它们恐怕和我一样活不了多久了

在诺伊豪斯我没有必要树敌

你们的母亲做什么与我无关

这是她的事情

你们别用这些琐事来打扰我

［ 抓住安娜的手

你总是这个脾气

胆大好斗锋芒毕露

在诺伊豪斯我想安静地生活

我不能和市长发生冲突

说到底我已经夕阳西下

我的晚年很快就到尽头了

安　娜　你坐在长椅上是不是太冷啊

罗伯特教授　我不冷

你们的父亲做事总是孤注一掷

他走上自杀这条路我并不惊讶

他待在维也纳的时间太长了

半年前他就应该去牛津了

现在去对他来说为时已晚

他总是说

维也纳这个地方

要么你立刻从这儿消失

要么你在这儿结束你的生命

说老实话

我从来没有想到过自杀

你们的父亲小时候就有过这种念头

那个时候我还根本不懂得自杀是怎么回事

可是他就已经考虑过

造成他终于走上这条道路的决定因素

应该是维也纳市长亲自邀请他回来

拿在大学里授课的位置诱惑他

回来后偏偏在英雄广场对面

买了公寓房

这绝对是一个错误

当时在格林卿和西韦林都能买到房子

我当时立即就劝他不要住在内城

他不听我的话

你们的母亲是这个错误决定的

第一个牺牲品

我和你们父亲相互理解的最好时期

是在英国当时他在牛津

我在剑桥

可以说是那种真正的亲如手足的关系

我适合返回维也纳

你们的父亲不适合

我的背后总有我喜欢的

诺伊豪斯

你们的父亲没有

我始终感到住在乡村很舒适

你们的父亲却憎恨乡村

没有什么比乡村更让他憎恨的了

你们的母亲同样憎恨乡村生活

他却把你们的母亲放到诺伊豪斯不管了

而他则在维也纳毁掉了自己

在维也纳他每年

都朝着那不幸的终点迈出一大步

事实就是这样

你们的父亲思想深邃目光犀利

为人敏感反应快捷

这些方面我都远不如他

他总是公开表示

在诺伊豪斯充其量只能忍受几个小时

在这里生活对于一个注重精神生活的人来说

无异于被宣判了死刑

[奥尔嘉也坐到长椅上

在某种程度上

他完全像你们的母亲

也深为一种被追踪的幻觉所折磨

安　娜　［强烈地

　　被追踪的幻觉

　　你自己也知道

　　现在的情形怎样

　　一切比一九三八年还要糟糕得多

　　一切比一九三八年更加可怕

　　敌对意识完全公开化了

　　现在到处可以感受到对犹太人的憎恨

　　你说你听不见看不见

　　那是因为你不想听不想看

　　你老了耳朵背眼也花了

　　这就是区别

　　父亲在维也纳生活了四十年

　　也没有耳聋眼花

　　母亲也没有

　　你不会真的以为

　　母亲疾病多次发作是装出来的吧

　　你不会真的这样想吧

　　否则的话那可就太卑鄙了

　　请原谅罗伯特叔叔

　　但是你总是听而不闻

视而不见

而我父母亲总是什么都听得见看得见

你自恃年迈就两耳不闻窗外事了

你忘了我父亲还比你大两岁呢

他还要再回牛津去

你知道这是怎么回事吗

因为他无法再忍受维也纳的气氛了

而你则不再过问世事

躲到诺伊豪斯安度晚年去了

在诺伊豪斯你什么都看不见听不到

在维也纳你就会听到和看到这一切

而且一天比一天更加清晰和明显

犹太人在维也纳没有安全感

他们始终提心吊胆

这种状况将永远存在

没法让他们心里不充满惊骇

没有人能消除他们心中的恐惧

在诺伊豪斯你不必提心吊胆

现在还不必

乡下人根本不知道

犹太人是怎么回事

奥尔嘉　也许我们该继续走了

安　娜　[对奥尔嘉

　　　　　　你的想法跟罗伯特叔叔一样

　　　　　　你也觉得一切还不那么严重

　　　　　　实际上情况非常糟糕

　　　　　　整个这段时间你都在蒙骗自己

　　　　　　把你认为不该是真实的事情

　　　　　　就不当成是真的

　　　　　　罗伯特叔叔逃避现实躲到诺伊豪斯

　　　　　　你退缩到自己内心去找庇护

　　　　　　你们俩什么也不听

　　　　　　你们俩什么也不看

罗伯特教授　我理解你安娜

　　　　　　但是你不该因为某些

　　　　　　改变不了的事情激动不安

　　　　　　维也纳人憎恨犹太人

　　　　　　他们永远

　　　　　　也不会改变这一立场

　　　　　　这我也知道

　　　　　　但是你不要以为

　　　　　　我因此就不去正常地生活了

你不能要求我这样做

我生活在诺伊豪斯每周到维也纳

来听音乐会

我希望平静和安宁

青年人总是动辄就刨根问底上纲上线

安　娜　父亲自杀了

而你们却对自杀的缘由无动于衷

罗伯特教授　［示意她坐到他们坐着的长椅上

这种争论不会有什么结果

整个一生我们都在辩论这个问题

够了我再也不想

去进行这种论战了

安　娜　［坐到长椅上

这是最可怕的

这是最让人担心的

罗伯特教授　我知道得很清楚发生了什么

但我不让自己介入这些事情

我不再愿意把自己牵扯进去

谁也不能要求我这样做

我上了年纪这当然不是在请求原谅

但我可以期望别人的理解不是吗

安　娜　　如果穿过公园修一条路

整个诺伊豪斯将毁于一旦

这意味着什么这意味着诺伊豪斯的末日

罗伯特教授　要这么说那就得

夜以继日不停地抗议

到处都在破坏

到处都在毁坏环境

自然和建筑物无一幸免

用不了多久一切有价值的东西都将化为乌有

整个世界将面目皆非无法辨认

安　娜　　实际上你只要在抗议书上

签个字

写上你的名字

罗伯特教授　多少年以来我就已经不再签名了

几十年了我对什么都不抗议了

安　娜　　大家都满腹牢骚

心中始终不满情绪激动

但是他们就是不起来抗议

大家都对一切怒火中烧

可是就没有人做点什么去反抗

罗伯特教授　修建这条路完全没有益处

我知道

这会严重破坏诺伊豪斯的形象

但我不会在任何抗议书上签名

我的一生可以说是在抗议中度过的

有用处吗根本没有

到头来大家只不过让抗议搞得筋疲力尽

现如今不管什么事动不动就抗议

一点用都没有

安　　娜　在这件事情上你能发挥很大作用

你和政府各部委高层

说得上话

认识许多举足轻重的人物

与其中大多数甚至是朋友

罗伯特教授　我不再介入任何事情了

我这一生可以说行将结束了

诺伊豪斯将会怎样与我无关

就像其他地方会怎么样

不关我的事一样

他们想做什么就让他们做什么

我不会去抗议

这不等于说我不反对

几乎可以说我反对一切

但像你所想象的那种抗议我不干

我不能签我的名

至少在诺伊豪斯我要过平静的生活

我要过安生的日子

奥尔嘉　不仅要修建一条路通过苹果园

他们还要修一条穿过森林的路

五月份将把半个林子砍光

罗伯特教授　这我也知道

我并没有忽略这么大的事情

诺伊豪斯的一切都将毁坏

你们以为好像我对此一无所知

我甚至知道那所历史悠久的学校也要拆除

但是我不再抗议了

有你们在

这是你们这一代的事情

世界今天已经毁得不成样子了

总而言之丑陋得不堪入目

无论走到哪里

你眼前的世界都是丑陋不堪

都是彻里彻外的愚钝

无论朝哪里看一切都在衰败

无论朝哪里看一切都在荒芜

真希望躺下睡觉最好就别再醒来

在最近的五十年里

执政者毁坏了一切

而且再也无法恢复了

建筑师毁坏了一切

因为他们头脑愚钝

知识分子毁坏了一切

因为他们头脑愚钝

民众毁坏了一切

因为他们愚钝

愚钝的党派和教会

毁坏了一切

他们的愚钝总是卑劣的愚钝

奥地利的愚钝让人无比厌恶

奥地利的不幸

工业界和教会罪责难逃

教会和工业界历来都不能推卸

他们对奥地利的不幸应负有的责任

执政者完全依靠教会和工业界

从来就是这样

在奥地利一切都糟糕透顶

人们对头脑愚钝情有独钟

对精神和思想则百般践踏

工业界和僧侣们

是奥地利种种弊端的幕后策划者

从根本上说我很能理解你们的父亲

我感到奇怪的是

奥地利人民竟没有早就全部自杀

奥地利人作为民众

今天是残暴的愚蠢的

在这个城市里一个睁着眼睛的人

非发疯不可疯得只能不停地奔跑肇事

[他朝城堡剧院的方向看

可怜的尚未成年的奥地利人民

所能做的只剩下演戏了

奥地利本身就是一个舞台

上面的一切都破坏了腐朽了败落了

一个多达六百五十万之众的

自惭形秽跑龙套的群体

六百五十万低能癫狂的被抛弃者

不停顿地扯着嗓子召唤着导演

导演将会到来

将把这六百五十万没有台词的龙套

无可挽回地踢进深渊

这六百五十万龙套配角

日复一日

受尽坐镇霍夫堡皇宫和巴尔豪斯政府广场的

　　几个主要演员的

百般奚落和凌辱

最终也无法摆脱被踢进深渊的悲惨下场

奥地利人痴迷于不幸

奥地利人生来就是不幸的

一旦幸福了会感到害羞会感到浑身都不自在

只好将其幸福藏匿于绝望之中

安　　娜　父亲已经准确无误地看到了这一切

父亲始终如一决不动摇

罗伯特教授　从窗户跳下去

也不是解决问题的办法

尽管在你们父亲这种情况下

这是必然的归属

你们的父亲从来看不到出路

而我呢干脆就不再接触人了

这样也就听不到他们说什么

也就看不见他们那副嘴脸

你们的父亲不接触人就没法生活

而我呢能到诺伊豪斯去住说明我很坚强

你们的父亲就做不到

或许他去了牛津也会彻底失败

一九八八年的牛津

和一九五七年的牛津

绝不能同日而语

英国人也有支撑法西斯的根基

可惜这一点一向被人们忽视和遗忘

英国人也有他们的法西斯主义

牛津就曾有过并且现在仍存在着

对犹太人的仇恨

在欧洲无论在何处犹太人到处让人憎恨

安　　娜　平静些罗伯特叔叔

罗伯特教授　我不动气

但时而我也会激动起来

免得你们以为我已经死了

没有我没有死正好相反

身体坏了但头脑每天都在

新生

这种状况着实可怕

清晨我不敢肯定

能不能重新站立起来

但我不屈服不放弃

当然我不再能够生活在城市里

没想到我们再次

回到诺伊豪斯去住

而且还感觉到很幸福

儿时消夏的地方

成了老年的避风港

我时常想

你们的父亲是否发疯了癫狂了

但是他在大学讲起课来内容翔实精确

你们父亲的头脑是数学头脑

或者说同时还是哲学头脑

他拥有的绝对是奥地利精英的思维方式

我们俩之间没有竞争

从来没有

也不相互钦佩

除了手足之情

我们之间只有相互尊重

我们的父母亲很早就撇下我们不管了

我进入了哲学领域约瑟夫则从事数学研究

可是你们的父亲更具有哲学头脑

我始终是个教授而他是位哲学家

富裕市民家庭出身

是我们终生的精神负担

我们俩的思想总是南辕北辙

总是相互对立

出生在维也纳让我们一生耗费了不少精力

与周围世界建立相互理解几乎没有可能

只能总是生活在令人十分纠结痛苦的状况中

是一种无法改变的所谓灾难性生存

英国使我们感到愉快

人到了国外总觉得什么都好

谁到了国外都会有所收益

但是谁像我们那么长时间逗留在国外

而且还是在英国

就不可以再回来

更不要说回到维也纳了

在维也纳他就会到处碰壁

直至毁灭

我跟你们父亲说过要他别再返回牛津

他不听劝阻执意要去

你们的母亲反对他这样做

他也不听她的话

不过我们大家的下场自然都不美妙

[他欲站立，但是没能站起来

我们不着急

在一个已经清理准备撤离的房子里

也不可能再有舒适可言了

其实最好还是去国宾饭店或者到萨赫酒店用餐

安　　娜　　齐特尔非要做

葱头里脊卷

也不管餐具已经打包装箱了

罗伯特教授　　齐特尔这个女人实际上是这个家的中心

安　　娜　　卢卡斯先送尼德莱特小姐回家

他绕道走许特尔多夫

罗伯特教授　　就是那个女演员对吧

安　　娜　　她早就不再演戏了

罗伯特教授　　卢卡斯认识她有多长时间了

安　娜　两三年吧

罗伯特教授　她行吗我指的是在舞台上

安　娜　我从未看过她的演出

据说她在城堡剧院演过

罗伯特教授　在城堡剧院演过

是主要角色吗

安　娜　据说是

罗伯特教授　这样说来她的演技也不会太差

安　娜　现在城堡剧院的戏也是一塌糊涂

罗伯特教授　这太让人伤心了

城堡剧院这样的艺术殿堂

曾几何时舞台上也只是一些糟糕的演出

有许多年我没有再去看戏了

我喜欢到音乐之友协会去听音乐会

我的耳朵听声音还可以

安　娜　没有好的剧本

演员也都没有水平

罗伯特教授　这个尼德莱特是不是结过两次婚

安　娜　是的

奥尔嘉　跟一位土耳其先生

还跟一个矿泉水厂老板

罗伯特教授　为什么卢卡斯总和这样一些人交往

一个女人演戏跳舞算什么呢

你们母亲以前也是演员

我倒忘到脑后头去了

自然她从未在城堡剧院演过戏

据我的记忆只在格拉茨登过台

安　娜　你曾看过她在台上演出吗

罗伯特教授　演一个很小的角色

记不得是哪一出戏

很久以前的事情了

小时候我们大家都演过戏

而且郑重其事地

不是在阁楼上

就是诺伊豪斯的花园小亭子里

八月底

我们终于背完了台词

精彩的演出在私密的小范围里进行

观众都是很有品位的

卢卡斯让他母亲和尼德莱特

一起坐在车里送她们回家这太过分了

安　娜　就这么一个俗人没有规矩

可是我们的弟弟总是这样

在父亲的葬礼上

让尼德莱特坐到母亲坐着的车里

只有他才能做得出来

他根本就没有想到用汽车

送我们他的姐姐

他本可以送你罗伯特叔叔回家呀

罗伯特教授　我一向喜欢乘出租车

而且从不坐车到家门口

我总是让车停在城堡剧院前

然后步行穿过人民公园

几十年如一日一直这么做

[朝议会大厦望去

现在的社会一切降至低谷

不仅仅政治方面

道德文化风尚

几十年里一切都付之东流了

几百年都别指望能恢复

想当初奥地利是何等的国度啊

可不能回首往事

那是非要想到自杀不可的

我从来不是君主制的追随者

这很清楚

我们大家都不是

可是这些人今天把个奥地利弄成什么样子

真是罄竹难书

没有思想没有文化的阴沟

刺鼻的臭味散布到整个欧洲

不仅整个欧洲

这种荒唐的狂妄自大的共和主义

这种荒唐的狂妄自大的社会主义

半个世纪以来就与社会主义

毫无共同之处

奥地利的社会主义者的所作所为

完全是犯罪

所谓社会主义者今天已不是社会主义者

从根本上说他们今天是

地地道道的天主教国家社会主义者

奥地利的社会主义者早在五十年代

就让社会主义寿终正寝了

从此奥地利就再也没有社会主义了

只有这种令人厌恶的伪社会主义

让人每天早晨想起它来就恶心呕吐

就是这些所谓的社会主义者

在奥地利施展伎俩

召唤出今天的国家社会主义

这些所谓的社会主义者

为新的国家社会主义的出现

呼风唤雨

他们不仅使新的国家社会主义的出现成为可能

而且他们让其发展壮大

这些所谓的社会主义者

半个世纪以来就不是什么社会主义者了

他们是这个奥地利的真正掘墓人

这多么令人惊骇多么让人恶心

这些社会主义者今天就是剥削者

这些社会主义者祸害了奥地利

这些社会主义者是这个国家的掘墓人

这些社会主义者今天是资本家

这些社会主义者不是社会主义者

他们实质上是破坏这个国家的罪魁祸首

与其相比天主教那些无赖就是小巫见大巫了

如果说今天奥地利又几乎只有纳粹存在

那么这些社会主义者难逃其咎

如果说奥地利人民今天如此堕落

如果说奥地利今天如此渺小如此腐败

那么我们为此要感谢这些

脑满肠肥大腹便便的伪社会主义者

把假社会主义的阴险狡诈当作民主

无非就是这样

在我的耳朵里社会主义这个字眼

早就变成让人反胃的骂人的词语了

我害怕这个词语

如同我害怕国家社会主义这个词

所有的政党

从根本上说奥地利的党派无一例外

今天都是这个国家的掘墓人

这里的一切都听凭低劣摆布

每一天都会窒息在卑鄙和虚伪之中

但是我人已经老了

没有兴趣再去干预什么

也没有意义了

一切都散发着溃败解体的味道

一切都在强烈要求破坏和粉碎

这种情况下单个人的声音一点用处都没有

对这些祸国殃民的行为

并不是根本就没人说没有人写

但是这些反对的话这些反对的文字

没有人去听没有人去看

奥地利人什么都不再听了什么都不再看了

就是说他们听到了什么也根本不会起来反对

他们读到了什么也不会有丝毫的抗争

面对这种灾难当头的状况

奥地利人已变得冷漠麻木

他们竟然无动于衷坦然处之

这是他们的不幸这是他们的灾难

[想站起来，但没有成功

奥尔嘉　我们尽可以再坐一会儿

这里离家很近了

安娜说她可以在牛津

待一段时间

她在国家图书馆能请下假来

罗伯特教授　奥地利人早就注定灭亡了

只不过他们还不知道而已

他们还没有注意到这个事实

判决早就做出了

死刑何时执行只是个时间问题

以我之见执行的时刻就在旦夕

安　娜　　今天母亲就回诺伊豪斯

卢卡斯开车送她

齐特尔星期六去

克龙贝格尔太太

也给你的工作间烧暖气了吗

罗伯特教授　　当然

如果我没有克龙贝格尔太太

我就根本不可能在诺伊豪斯住下去了

在维也纳我无法生活

一座楼房没有电梯

这种地方我想都不敢想

为什么我很少来看你们

就是因为你们这儿没有电梯

住在四层上面

对于我简直就是灾难

医生绝对禁止我

爬楼梯

以及任何吃力的动作

安　娜　但愿参加葬礼

没让你太劳累

罗伯特教授　葬礼简短

我又穿得暖和

这冬大衣还是你们祖父留下来的

他曾穿它到过俄国

我想那是一九二二年

[望着背景里的城堡剧院

你们的祖父总是说

每一个时代都是很可怕的

但这要等上了年纪才觉察到

我没有讲

我如何特别感到恶心

但我却一直在想

我为什么在这个国家特别感到恶心

这个臭气熏天的国家好似令人窒息的阴沟

教会无异于遍及世界的卑劣

周围的人个个都是难以设想的丑陋和愚钝

联邦总统何许人也

诡计多端的虚伪的市侩

一个归根到底让人沮丧的人

总理是一个狡猾的出卖国家利益的家伙

教皇在他的房舍

让人为无家可归的人做了一顿所谓热气腾腾的
　　饭菜

便沽名钓誉让这件事在全世界传播得沸沸扬扬

厚颜无耻的世界

一座玩世不恭的舞台

狂妄疯癫的演员们

滥用撒哈拉地区的贫困

慈善机构里变态的高管们

乘坐头等舱飞往埃塞俄比亚北部

让记者拍照他们与饥民一起的镜头

在世界媒体上广为宣传

联邦总理身穿高级名牌服装走上讲坛

胡诌八扯大谈同志和伙伴

工会领导人在萨尔茨堡湖区他们的别墅里

用数以亿计的金钱变着戏法

视其主要的任务是从事金融投机生意

脑满肠肥的作家

走进监狱

把他们那些生编硬造的文字垃圾

当作艺术品向犯人朗读

厚颜无耻的世界

腐朽和堕落到何种程度

我实在不想与这样的世道有什么关联

归根到底你们父亲是个弱者

这个变态的国家沉重地压在他的心头

让他实在无法继续忍受

如果一张弓绷得太紧

再辩证的哲学头脑也无济于事

迟早灾难必然降临

要你们的父亲住在诺伊豪斯

那是异想天开

他要是在那里甚至于连他的那本书

也甭想写

他受不了那里的安静

噪声对他从来形成不了干扰

只有安静

诺伊豪斯这个地方几乎鸦雀无声

你们的父亲

不是一个需要安静的人

不是只能在安静中工作的人

相反他周围越嘈杂

他的头脑越兴奋越有灵感

在这一点上他与他毕生敬佩的

所有俄国作家如出一辙

托尔斯泰陀思妥耶夫斯基果戈理屠格涅夫

这是他的世界

甚至哲学也无法与他们相提并论

俄国文学家

不是法国的也不是英国的

而是俄国的

还有音乐

但是最近以来

俄国文学家也好

古典作曲家也罢

都不能使他感到满足了

他曾对我说这一切都变得毫无意义了

曾几何时他说

无论是文学还是音乐我都不感兴趣了

一切只不过是一部鸿篇巨制的破产宣言

最终是我失算了

也许因为自己的狂妄和疯癫他说

我认识不了时代的发展趋势

有谁能理解时代的走势呢没有人

他一生最大的失望恐怕还不是这个

最大的失望还在牛津等着他

他的去世使他得以幸免这番遭遇

因此我以为

他这样的死是极大的慰藉

对这样的死亡

完全不必感到惊骇

正好相反

我失去了我的哥哥意味着

我知道他现在受到了很好的庇护

不再存在就是目的

再次来到这个世上

这将是极其可怕的事情一切再来一遍

再没有什么比这更令人恐惧的了

终结就是目的

这是唯一能让人感到欣慰的想法了

[想站起来，没有站起，终于在侄女的帮助下

站了起来

从来不信上帝

并总是知道

终结就是目的

使我一生受益匪浅

你们尽可以放心

你们的父亲也是这样的观点

整个人生不是别的什么

就是不停顿地受苦受难

人生唯一的内容就是痛苦

几乎所有的人都不懂这个道理

一辈子都在欺骗自己

教会取代民众的头脑

民众不必再自己思考

教会将唯一的上帝提供给每个人

可以说它出租它的可爱的上帝

甚至于超过出租法所规定的最多九十九年的
　　期限

教会信誓旦旦向你保证

一生一世让上帝与你相伴

我这样说不仅限于天主教

所有的宗教都向每一个人出租其可爱的神

信仰是什么不是别的就是租赁关系

几十亿出租者每年向他们的教会

支付高昂的租金

直至身体里的血液被榨得干干净净

安　娜　父亲不愿意

在他去世后登讣告

罗伯特教授　一个像你们父亲那样的人

还立下遗嘱

而且仔细地列述其愿望

这使我颇感意外

也让我完全不能理解

他的一切都说明他不会这样做

这完全不符合他一贯的处世原则

我的哥哥立遗嘱

我觉得这实在难以设想

安　娜　沙尔希哈姆那处房产

他让齐特尔继承

罗伯特教授　沙尔希哈姆的房子他给了齐特尔

这个我知道

也应该是这样

齐特尔理应得到这一回报

归根到底齐特尔

是你们父亲身边

最重要的人

我的嫂子你们的母亲

说到底也只能排到第二位

其实这也不是什么秘密

舒斯特家族明媒正娶的夫人

从来没有过排在第一

安　娜　晚上齐特尔去斯卢卡咖啡馆

罗伯特教授　但愿她给我带些鹿肉馅酥皮糕饼回来

安　娜　自然她会这样做

你不是在维也纳过夜嘛

罗伯特教授　给你们添麻烦了

我今天的确不能回诺伊豪斯了

要不然就太累了

我这个人好侍候

只要有一个自己的房间就行了

现在这个家还有家具吗

安　娜　当然罗伯特叔叔

罗伯特教授　［对奥尔嘉

你从小就比较沉默寡言

少言寡语不是祸我的孩子

　　　　　　　　我从来不以为约瑟夫

　　　　　　　　会先我而去从来未想过

　　安　娜　　但愿父亲的死

　　　　　　　　别让你太悲伤

罗伯特教授　　奥地利人的狭隘和卑劣

　　　　　　　　总是让你们父亲怒火中烧

　　　　　　　　也许他应该在六十年代

　　　　　　　　就返回牛津

　　　　　　　　他总以为

　　　　　　　　我一定会先于他离开人世

　　　　　　　　我这个人一直心脏有病

　　　　　　　　而他的身体从来没有出过一点毛病

　　奥尔嘉　　〔对安娜

　　　　　　　　你能把你的围巾给我吗

　　安　娜　　〔取下围巾递给奥尔嘉

　　　　　　　　可怜的小妹手都冰凉了

罗伯特教授　　你们要思考老龄生活

　　　　　　　　年轻人开始这方面的关注

　　　　　　　　越早越好

　　　　　　　　我总是说你们要研究老年人

　　　　　　　　那些垂暮之年来日不多的老者

奥尔嘉　　　你认为假如父亲去了牛津

　　　　　　会再次感到幸福吗

　　　　　　[用围巾裹住双手

罗伯特教授　我不这样看

　　　　　　你们父亲几十年了

　　　　　　就是一个感觉不到幸福的人

　　　　　　假如到了英国也还是会这样

　　　　　　一九五五年他就非要

　　　　　　返回维也纳

　　　　　　谁劝说也不听

　　　　　　他当时真可以说是鬼迷心窍

奥尔嘉　　　母亲是很反对他这样做的

罗伯特教授　你们母亲一向反对

　　　　　　你们母亲在英国的时候从心里憎恨维也纳

　　　　　　关于维也纳和奥地利

　　　　　　没说过什么好话

　　　　　　我不想再回维也纳了她对你们父亲说

　　　　　　是维也纳人居心叵测地把你给赶了出来

　　　　　　你好好想想你大学里那些卑鄙的同事吧

　　　　　　她一再对你们父亲说

　　　　　　全都排挤犹太人

但是你们父亲不听她的话

他们出发回维也纳那天

你们母亲对我说

在维也纳等待我们的只有糟糕的事情

罗伯特你会看到那将是我们的末日

你们母亲预见到了一切

你们父亲在维也纳没有再能立住脚跟

那些维也纳同事从一开始就憎恨他

每逢他们见到他

愚钝的面孔上明显流露着厌恶的表情

奥尔嘉　这许多事情我都不懂

我也不想弄懂

罗伯特教授　牛津对他来说太小太狭窄

他总认为那里的气氛

太小地方气太庸俗

像他这样一个人肯定在牛津

也觉得憋屈受限制

我了解剑桥的情况

归根到底英国这些大学城都糟糕得很

英国的一切不久便会让一个人烦躁

我理解他为什么又要返回维也纳

但是显而易见

他的良好愿望在维也纳不会实现

一方面维也纳吸引他回来

另一方面维也纳立刻就又背叛了他

没有人支持他向他伸出援助之手

所有的人都反对他

其实毫不足怪

因为他比他们大家都优秀

他们不能容忍

他比他们在某种程度上都高出一筹

要是我在伦敦生活就好了

他总是这么说

牛津毕竟不是伦敦

可是我靠什么在伦敦生活

难道依赖我太太的酿醋厂

老实说我是因为音乐的缘故

返回维也纳的

很可能音乐是唯一的原因

但如果我实话实说

在我回来之后没有一场音乐会让我满意

瓦尔特克伦佩雷尔克莱伯巴尔比罗利我的上帝

他们都去世了

每次听音乐会我都乘兴而去失望而归

但是只要我还走得动

我仍然经常去音乐之友协会听音乐

我还记得你们父亲有一回说过的话

我去玛利亚希尔弗大街

去寻找玛利亚希尔弗大街

我走在玛利亚希尔弗大街上

却找不到它

要想研究一个不幸的人

就研究你们的父亲好了

不可能再有更合适的人选了

[朝议会大厦望去

整个这场不幸其实都在意料之中

他想要音乐

想找回他的童年

但是今非昔比

今天的维也纳人已不能与他记忆中的

同日而语了

奥地利人过去不是这样

过去的一切都不是这样

但是记忆并不可靠

记忆总是给人一种完全错误的景象

他说他无法

对在维也纳取得教授位置无动于衷

他没有料到的是

奥地利人在二战后

比战前对犹太人

更憎恨更怀有敌意

这种情况事先谁也没有估计到

像他自己经常说的

他踏进了维也纳陷阱

他不知道

现如今维也纳甚至可以说整个奥地利

到处充斥着虚伪和谎言

奥尔嘉　　罗伯特叔叔你这样说未免太夸张了

罗伯特教授　你这个每天都得亲身经历

维也纳人种种劣迹的人

却说这样的话

你十四天前让人往身上啐了唾沫

为什么就因为你是犹太人

安　　娜　这肯定是个误会

147

罗伯特教授　误会误会你们怎么会这样想

　　　　　　我说这不是误会

　　　　　　如果没有亲身经历自不待说

　　　　　　但是如果确实身受其辱

奥尔嘉　并不是真正往身上吐

罗伯特教授　可是你自己跟我讲

　　　　　　你在绍腾胡同被人啐了唾沫

　　　　　　现在你说是误会

　　　　　　什么样的误会呢

　　　　　　在大街上无缘无故

　　　　　　朝一个根本不认识的人啐唾沫

　　　　　　只因为看上去是个犹太人

　　　　　　现在什么时间了

安　娜　一点半

罗伯特教授　维也纳人和奥地利人

　　　　　　比你们父亲所能设想的

　　　　　　更恶劣更糟糕

　　　　　　你们去听听他们说些什么吧

　　　　　　去注意地看看他们

　　　　　　他们对待你

　　　　　　总是充满仇恨和轻蔑

无论在街上还是饭馆里

一个犹太人不可能总待在家里闭门

不出吧

一个犹太人也得上街

一旦被人发现

就遭受仇恨和蔑视的目光

在奥地利你有犹太血统

就意味着被判处了死刑

人们可以想怎么写就怎么写

想怎么说就怎么说

仇恨犹太人

却是奥地利人的纯粹的绝对不掺假的本性

一九三八年以前维也纳人

习惯了犹太人的存在

但是二战后他们不再对犹太人习以为常了

我自己也知道

我来到维也纳就是走进地狱

假如我的身体状况还允许

一定写一本关于这个城市现状的书

可惜身体不给力了

头脑是没有问题的

体力不支了

你们看得见的

身体不中用了

安　娜　齐特尔一定为我们

烧了热汤

罗伯特教授　作家们笔下所写的

与现实中的存在无法相提并论

是的他们写道一切都很糟糕

一切都腐朽和败落了

一切都是灾难性的

以及一切都是不可救药的

但是他们所写的一切

都还不足以反映现实

现实糟糕得简直就无法去描写

至今还没有哪位作家

能把现实真正如实地描写出来

这是很可怕的

[他们走了几步就又停住

如果他们诚实的话

他们就得承认他们多么希望

把我们像五十年前那样关到毒气室里毒死

这种思想流淌在他们的血液里

我不会搞错

假如他们做得到

他们一定会在今天就把我们全都杀害

我哥哥也就是因为这可怕的现实

逃避到了克莱斯特歌德和卡夫卡那里

但是一个人不可能一辈子躲进文学和音乐中去

到了一定程度这样下去也就无济于事了

于是剩下来可以做的可能只有自杀了

也许只是个时机问题

什么时候更有利

要做的只是捕捉恰当的时机

[对奥尔嘉

你从来不和音乐打交道

这很奇怪安娜喜欢音乐你不喜欢

你父亲总是无法理解

也许是因为

你出生在瑞士

[朝城堡剧院方向看

如果谁在城堡剧院登台演戏

就会想入非非

自以为有什么了不起

那位尼德莱特女士别不会现在

来吃午饭吧

与男女演员同桌用餐

这我可不习惯

从前我的女秘书也曾想当演员

后来不了了之

当一名好的文秘也需要有才气

现在奥地利人还是一个具有音乐才华的民族

但是终有一天

他们这唯一令人羡慕的才华也将成为历史了

[他们开始继续走去

第三场

[几乎腾空了的餐厅

只有一张长条桌子和七把各式各样的扶手椅

餐桌上摆设的餐具勉强够用

房子左右两侧各有一扇高大的门

透过三扇高大的窗户可见英雄广场

百叶窗已卷起

箱子手提包上标有牛津的地址

罗伯特教授、利比希教授及其夫人、

兰道尔先生和安娜靠墙坐着

奥尔嘉坐在一个箱子上，他们在等待

舒斯特教授夫人和卢卡斯

罗伯特教授　只是给以启迪

没有更多的作用

观众总是充耳不闻

你说呀说的但没有人懂得

他们没有能力否定自己

在所有这些面孔上见到的

除了傲慢还是傲慢

153

一切知识领域都被亵渎

一切文化都被消灭

精神遭到驱逐

以前漫步在大街上

是一种乐趣

自然一切也都是误解

是误解自然这一切

[他瞧着大街

如果你与一个人谈话

结果表明他是一个白痴

每一个维也纳人骨子里都是一个大屠杀者

但是不能因此你就沮丧就情绪低落

因为命运把一个人抛进了这样的群体

按照寻常的逻辑毫无疑问必然窒息而亡

维也纳是一座冷漠的闭塞的灰色城市

美国的东西把这个城市弄得令人作呕

对美国的模仿把这里的一切都搞得不伦不类

我能做到无视这一切

从来不让自己的情绪因此受到破坏

奥地利的特色是什么

我总是考虑着这个问题

登峰造极的荒谬

它既吸引着我们又排斥我们

彻底堕落的社会主义

彻底堕落的基督教

到头来我们大家只能遭其厌弃

这难道不是很让人沮丧的吗

安　娜　我无论如何要起草这封致市长的信

罗伯特叔叔你不必马上签名

这条路会把我们的地产强行分割

母亲对此束手无策

乡村政府为所欲为

母亲没有办法对付他们

据说教堂也要拆除

奥尔嘉　诺伊豪斯被他们毁了

利比希教授　诺伊豪斯的样子我记得很清楚

我们每个夏天都在那里逗留两周

罗伯特教授　对于我们来说那里一向是避暑的好地方

我们在英国期间别墅的房子

因为无人居住遭受了某种程度上的损坏

安　娜　罗伯特叔叔已经重新把它修葺得很漂亮

修建了一个很大的花园

155

现在这条新马路会把一切弄得面目皆非

利比希太太 现如今国家对待个人那还不是想干什么就干什么

利比希教授 历来如此

罗伯特教授 国家总是骑在百姓的头上作威作福的

利比希教授 糟糕的时代

罗伯特教授 一个有思想的人大清早睁开眼睛就会感到恶心

利比希教授 到处都是一团糟

谎言控制了一切

无能之辈执掌大权

兰道尔先生 政府可能在今年秋天改组

利比希教授 问题并不在这里

无论是怎样一届政府都没有用处

都是一路货色

总是同一些人

总是做同样的事

总是为同样的利益所驱动

总是一些彻底堕落的家伙

他们每日每时都在糟蹋这个国家

罗伯特教授 还不要说别的

仅仅听这些人的讲话

就够让人胃里不舒服的了

就说那位联邦总理吧

他连一句囫囵话都说不好

其他人也不比他强

从这些人嘴里说出来的话都是垃圾

他们的思考是垃圾

他们对此的表达也是垃圾

利比希教授　报纸上写的是垃圾

报纸上的语言读了让人想吐

我敢担保报纸的每一页

除了印的都是谎言

还经常充斥着成百上千的表达上的错误

奥地利的报纸编辑部

是地地道道的猪圈

里边都是些肆无忌惮的政客

罗伯特教授　都是些不学无术的人

不会思想因此也不会写文章的人

利比希教授　这也不足为奇

谁叫这些报纸的读者是全欧洲

头脑最愚钝最没有品位的庸人呢

罗伯特教授　我们每天却都在

读这些垃圾

为什么呢

因为我们对它感兴趣

因为我们对它着迷

是的里面充斥着让人愕然的愚钝和荒谬

但是您得承认我的同事

说到底您对于这些无聊的报纸

比对于比方说《新苏黎世报》更偏爱有加

所谓什么高水平其实总是极其乏味

我们在这些报纸里寻找的

就是泡沫

作为每日的精神食粮我不必非读这些报纸不可

奥地利这些垃圾报纸的编辑水平极其小儿科

可是我每天早晨一定要读它

我承认我宁可沉溺于这些垃圾之中

也不去读《法兰克福汇报》上无聊的副刊文章

早餐之后我更喜欢读一些古书

而不是《法兰克福汇报》

比如笛卡尔

这些干巴巴的书里浓缩着思想的精华

但是我不能放弃

这些无聊的垃圾报纸

里边的泡沫总是耸人听闻

这种卑劣的耸人听闻是生活所必需的

尤其对上年纪的人

利比希教授 这里缺少的是报纸文化

罗伯特教授 您就别说蠢话了

什么叫报纸文化

报纸文化报纸文化

正是这种说法最令人反感

但我承认

奥地利缺少像《新苏黎世报》那样的报纸

我不讳言我读《新苏黎世报》

也总感到无聊

说心里话我宁可去读我们的垃圾报纸

您设想一下诺伊豪斯

再加上《新苏黎世报》

我订阅它是一种习惯的力量在作祟

因为我几十年以来一直认为

没有《新苏黎世报》我就无法生存

这是多么愚钝的想法

不不正好相反

没有奥地利这些乏味的垃圾报纸

我倒是一定会窒息

如果您一大清早马上就读《皇冠报》和《信
　　使报》

您就可以省下大量的药片

那里五迷三道的荒唐

会让您的血液一大早就欢快地循环起来

这里我没有提到《新闻报》

一份《新闻报》要花十个奥地利先令

就算把它当作安眠药也太贵了点儿

[朝英雄广场方向看

这位尼德莱特

出身于无产者家庭

学习戏剧表演人也颓废堕落

我侄子卢卡斯总是跟这样一些不三不四的人
　　混在一起浪费光阴

富家子弟可以这么说

在某种程度上总是拜倒在女演员的石榴裙下

成了沉溺于演艺圈的牺牲品

舞台上的包括城堡剧院舞台上的女艺人则与
　　此相反

她们的身份却因此顷刻之间就高贵起来

　　　　　　　这种现象屡见不鲜

利比希教授　您是否有时也有兴趣

　　　　　　　重返英国剑桥

罗伯特教授　不我没有兴趣

　　　　　　　我在英国从未感到过舒适

　　　　　　　至于我到英国逗留总是权宜之计

　　　　　　　我从未像我哥哥那样

　　　　　　　痴迷英国

　　　　　　　的确有一个时期

　　　　　　　我哥哥十分痴迷英国

　　　　　　　英国拯救了我还有我哥哥

　　　　　　　但我永远不会留在英国

　　　　　　　至今也没有再回去过

　　　　　　　我根本没有这个打算

　　　　　　　我不像我哥哥

　　　　　　　我从来没有感到这里的一切多么恐怖

　　　　　　　但我能理解他结束自己生命这个做法

　　　　　　　多年以来我已不在乎在什么地方生活了

　　　　　　　我在诺伊豪斯可以说意味着

　　　　　　　我多年以来就不存在了

　　　　　　　我哥哥自杀了

我去了诺伊豪斯

也许其实是殊途同归

我好长时间以来事实上生命已经结束

我观察一切

可以说是从死亡的角度您懂吗

兰道尔先生　您不是经常去音乐之友协会听音乐吗

罗伯特教授　这也是习惯的力量使然

除此之外想不起有别的事可做

我阅读累了就在诺伊豪斯随便走走

我不是爱好大自然的人我憎恨它

这是事实

大自然没有赐予我任何东西

我每周去城里一两次

去音乐之友协会听音乐

在音乐欣赏上我的要求也不像以前那么高了

我现在还活着

就是在等待我这个人全面彻底的死亡

我不想自杀没有这种打算

安　娜　〔对他

母亲想和你谈谈关于齐特尔的事情

罗伯特教授　关于齐特尔

　　　　　她想和我谈齐特尔什么事情

安　娜　父亲一直

　　　　　支付齐特尔母亲住养老院的费用

罗伯特教授　是啊那又怎么样

安　娜　母亲想知道你现在是否能替父亲把这事承担

　　　　　下来

罗伯特教授　齐特尔太太不是我的管家

　　　　　或者说家政员不管怎么叫吧

　　　　　她现在去诺伊豪斯你母亲那儿

　　　　　也许留在那里

　　　　　这不关我的事

　　　　　我有克龙贝格尔太太

　　　　　我们在诺伊豪斯

　　　　　已经几十年了相互很熟悉很习惯

　　　　　你的母亲钱多得

　　　　　都不知道如何是好了

　　　　　她应该支付这笔费用

　　　　　[对大家

　　　　　我的嫂夫人在这个家庭里一直是大资本家

　　　　　再者说这也不是这里要谈的题目

　　　　　兰道尔先生您怎么看

163

工党会在下次大选中取胜吗

他们都是些没有个性的人

所谓黑党里的天主教徒都是蠢货

在所有这些党派里肮脏下流勾当充当着前进的

　　动力

今天您在奥地利选举一位政治家

就是在选举一头腐败贪婪的猪猡

不就是这样吗

[齐特尔太太拿着一摞盘子进来分放在餐桌上

我的嫂子应该早就到这儿了

我上出租车之前她和卢卡斯走的

这个尼德莱特把一切都搞得乱七八糟

她是怎样一个人齐特尔太太您知道吗

安　　娜　　她竟然也出现在葬礼上

　　　　　　也太不知趣了

罗伯特教授　　就外表而言倒是一个模样长得很不错的人

　　　　　　[对安娜

　　　　　　约瑟夫见过她吗

安　　娜　　卢卡斯带她来家里两次

　　　　　　父亲并不看好她

罗伯特教授　　卢卡斯总是在女演员圈子里寻找对象

安　娜	而且是二三流的
罗伯特教授	怎么能这样做事
	先送这个人回家
	然后才轮上母亲
安　娜	真是难以设想
罗伯特教授	自然我们要等他们齐特尔太太
	［赫尔塔上场在门旁停住脚步
	过两年卢卡斯就该烦她了
	老是这一套
	开始总是了不起的爱情
	可是几周之后就厌烦得要命
	实质上这也属正常
	有时我想卢卡斯永远找不到一个可以与他一起
	生活的女人
	在他那个年龄已没有可能了
	总希望一个人十全十美这样做未免太挑剔了
	每一眼都立即看穿一切
	结果只能是无聊和厌倦
齐特尔太太	教授先生在上一周
	这场不幸发生的前一天
	还在谢尔鞋店量了脚的尺寸

165

我现在告诉你们省得回头忘了

[她分放着餐巾纸

安　娜　　卢卡斯的鞋号和父亲的相同

罗伯特教授　约瑟夫是位地地道道的皮鞋拜物教徒

我两双鞋穿了二十年

他在同一时期竟有上百双鞋

仅维也纳这里他就有六十多双

在诺伊豪斯的别墅里到处都是他的鞋

在萨尔曼斯多夫也是如此

齐特尔太太　邮件我都放进白色小口袋里了

安　娜　　我没有写信告诉任何人

父亲去世了

他们还都以为他已经去了牛津

[齐特尔太太向赫尔塔耳语了什么，两人走了

出去

利比希教授　公墓的景象总让我心情沮丧

我妻子则不然她一到那里就情绪盎然

利比希太太　从我当年陪我奶奶到公墓那时候开始

我一直经常去公墓

利比希教授　走访这些公墓

非常有利于

研究某些家庭经历各异的历史

罗伯特教授 走访公共墓地的确大有裨益

它最有利于给人以教诲

让人的心灵得到安宁

今天人们经受各种干扰的头脑

只有在那里才能平静和集中

在任何别的地方想这样做都是徒劳

我已经习惯了我嫂子的不遵守时间

可是我哥哥忍受不了

每每令他感到非常绝望

我在很长时间里害怕与她约会见面

每次都因她不准时而饱受其苦

这位尼德莱特和你们母亲同乘一车

真是匪夷所思

[赫尔塔拿着面包篮子进来，将其放置桌上

现在看来去萨赫酒店吃饭

是最好的选择

或者干脆去斯卢卡咖啡馆简单吃点什么

在目前这种情况下还要自己烧饭

只有齐特尔太太想得出来

[对赫尔塔

您知道吗我有一个侄子在沃尔夫塞克

奥特南北边不远

豪斯鲁克山区一带风景很美

那里住着许多矿工

我记得那里的人都是特别友好和善良的

您不是就来自这个地区吗

赫尔塔　是的教授先生

罗伯特教授　您的爷爷不就是那个矿工

因为听了瑞士电台的播音

让纳粹给抓到集中营去了吗

赫尔塔　是的教授先生

罗伯特教授　是邻居把您爷爷给告发了

他被逮捕并送到了荷兰

投进了集中营对吧

我哥哥给我讲过这些事情

您爷爷奶奶是很勇敢的人

〔赫尔塔走了出去

安　娜　她的爸爸是个酒鬼

妈妈因为多次盗窃

坐了一年监牢

罗伯特教授　还活着吗她的父母

安　娜　　　没有人知道他们在什么地方

他们没有死这是肯定的

但谁也不知道他们现在何处

利比希教授　一听就知道他们是上奥地利人

那里的人就是这种样子

罗伯特教授　〔往窗外看

一切都在解体

〔对奥尔嘉

你小时候就身体弱总是畏寒怕冷

因此你顺理成章地受到大家的怜爱和呵护

〔往窗外看

人们预感不到

灾难将要降临

一切都在转移人们的视线

以便注意不到行将到来的灾难

这位尼德莱特小姐

将与你们的弟弟结婚

以此彻底毁灭舒斯特一家

这位尼德莱特小姐

也可能会闹得

天翻地覆

你们将会看到

一个其中只有目瞪口呆的世界

只求开心的傻瓜受众已经不知道思想为何物

于是愚昧化进程就无法阻挡了

卢卡斯对她说

这是莎士比亚的戏

尼德莱特说这无所谓

这是克莱斯特的戏

对她来说一切都无所谓

这位尼德莱特小姐并不真正热爱艺术

安　娜　我以为墓碑前会有用水仙花做的花圈

但是没有

利比希教授　每个死去的人都让活着的人心里留下愧疚

兰道尔先生　这个葬礼应该说办得很不错

罗伯特教授　一切葬礼都不成功

办得讲究排场

会让人讨厌

办得节俭朴素

也让人家不高兴

死亡的戏总是演不成功

这位尼德莱特小姐

会毁了卢卡斯

会把他灭掉女演员一向都使任何一个家庭

遭遇灭顶之灾

我有时曾经想

回剑桥去看看

现在没有这个打算了

在英国逗留的时光真是美不胜收

儿童时代和在英国的时光

[对安娜

你总是那个刚强的人

[对奥尔嘉

而你是那个敏感的人

被娇生惯养的人

总是畏寒怕冷

你还有皮手筒吗

奥尔嘉　　　母亲的皮手筒吗

罗伯特教授　是的你妈妈的皮手筒

奥尔嘉　　　不我不知道皮手揣子放到什么地方去了

罗伯特教授　从前女士们在冬天总是戴着皮手筒上街

现在皮手筒完全不时兴了

战后我再没有看到皮手筒这种东西

我最后一次见到约瑟夫

是在卢盖克广场旁的红塔街

我想和他一起喝杯咖啡

他拒绝了

我这个患心脏病的弟弟却比他活得时间长

我们一向认为我将首先离开这个尘世

并且对此有充分的思想准备

可是现在还活着成了多余的人

要回英国他一定要在六十年代就回去

而不是到了一九八八年

我们根本就不应该返回奥地利

还在英国时我就看清楚了

不要对奥地利再抱任何希望了

回来无异于坠入陷阱就是这么回事

你们母亲对维也纳的态度始终不变

但是谁也不听她的话

她曾经一再说

我甚至死后也不愿意埋在维也纳

但是没有用

约瑟夫坚持贯彻了他自己的主张

你们母亲总是说

维也纳的一切都是破坏性的

瓦解和败坏着一切

政治家把这个国家压榨剥削得不成样子

彻底地把这个国家扭曲破坏和糟蹋了

您怎么看呢

兰道尔先生　奥地利人别无选择

不论他选择什么

都是一样的卑劣无耻

利比希教授　纳粹重新上台执政

只是一个时间问题

一切迹象表明

红党和黑党沆瀣一气

正在巧妙地让一切落入纳粹手中

罗伯特教授　事态的发展

正是大多数奥地利人想要看到的

那就是国家社会主义上台执政

表面上似乎还是什么红党黑党

暗地里国家社会主义早已重新大权在握了

兰道尔先生　一夜之间

幽灵就会作为强者

登台表演了

罗伯特教授 　［*朝英雄广场望*

将来兰道尔先生最近的将来

会证明您是对的

对我个人来说这一切都不再成其为问题了

我反正已经是德布林公墓的人了

我哥哥约瑟夫可以说很幸运

他一时冲动的自杀行动就成功了

我一向很钦佩自杀者

我从来没有想到我的哥哥会有能力如此了断

您知道吗生活的确是一出喜剧

［*指着地上到处放着的箱子、手提包*

在所有这些箱子手提包上都写着牛津

然而这些东西现在要运往的目的地是诺伊豪斯

我哥哥已经把这个单元房

卖给一位波斯商人

此人现在生活在伊斯坦布尔

我不知道卖了多少钱

波斯人付了多少钱我也不感兴趣

贝森朵夫钢琴已事先就运往牛津了

像早年间一样走的是船运

［*对安娜*

你现在可以等着瞧贝森朵夫钢琴

又怎样再运回维也纳的

你的母亲从来弹不好钢琴

业余爱好没有章法

《自由射手》的恩辛咏叹调

就是她最高水平了

不要指望还能有更高的建树了

但我们不可以忘记她这一生

为我们做的事情

[对利比希教授和兰道尔先生

开始时我们大家以为

她的病是一次偶然的发作

不料后来发展成了一种无法治愈的慢性疾病

[弯身向前

她数月以来又听见英雄广场民众的叫喊

这喊声让她整天惊恐不安坐卧不宁

您知道的一九三八年三月十五日

希特勒开进了英雄广场

安　娜　在诺伊豪斯她的病就不发作

罗伯特教授　从医学上这很容易解释

但无法医治

安　娜　我很高兴我把这套房子卖掉了

　　　　这房子没有带给我们好运

罗伯特教授　我一直说

　　　　别住在市中心

　　　　房子的窗户正对着英雄广场

　　　　真是不可思议

奥尔嘉　母亲是不愿意搬进这套房子的

罗伯特教授　为什么你知道吗

　　　　她当年受到的惊吓严重地刺伤了她的心

　　　　所以她无论如何不能接受这套房子

　　　　但是约瑟夫着了魔似的喜欢这套房子

　　　　当时我搬进了离大学不远的一处公寓

　　　　你妈妈住进了这栋楼

　　　　果不其然第一天她就犯了病

　　　　大家以为她有怪癖

　　　　因为你们母亲一直喜欢装腔作势

　　　　可是这是在她身上潜伏很深的顽疾发作了

　　　　不是做戏

　　　　最终大家才明白

　　　　正是这个所谓总做戏的人

　　　　一直患有这种无法治愈的慢性疾病

现在几点钟了

奥尔嘉　三点

[齐特尔太太进来，把一玻璃罐子水放到桌

上，接着又走了出去

罗伯特教授　利比希教授夫人

您很熟悉卡尔斯巴德疗养地

您认为到那儿疗养值得吗

利比希太太　我足足有五十年没有再去过卡尔斯巴德了

罗伯特教授　但是您知道那里的情况啊

利比希太太　我知道的是五十年前那里的情形

罗伯特教授　当然已经五十年了

也许今天的卡尔斯巴德

早已经面目皆非了

我没有去过捷克

听说卡尔斯巴德有许多很漂亮的旅馆

利比希教授　不能去卡尔斯巴德

可能旅馆还是那些个旅馆

楼房还是那些个楼房

但是那里的气氛让人无法忍受

到处都是所谓共产主义的思想意识

罗伯特教授　像我这样的岁数

在今天这种情况下

还要去卡尔斯巴德

实属头脑发昏

想当初我的父母亲去卡尔斯巴德

从维也纳乘特快列车只要五个小时

一等卧铺车厢

利比希教授 过了六十岁还去疗养地

此前又从来没有疗养过

那的确是胡闹

君主王朝自然也不理想

您是否相信什么时候

又会出现像奥地利君主制那样的体制

罗伯特教授 不会永远不会

不会再有那样的王朝了

利比希教授 不会再有了

罗伯特教授 不会再有了

利比希教授 当年您怎样获得了

在剑桥大学教书的位置

罗伯特教授 是施特洛茨卡教授的举荐

我在维也纳与他相识

他一九三四年就去了英国

了不起的一个人

战后是他使我和我哥哥

在维也纳又走上了大学讲台

施特洛茨卡教授对我们不仅仅有知遇之恩

可以说他救了我们的性命

现在他也埋在德布林公墓里了

所有这些了不起的人物都安息在德布林公墓

奥地利的有头脑有才智的人

都葬在德布林和格林卿公墓

[大声地

施特洛茨卡

在多佛尔港他把我们

接到他在伯克郡雷丁市

附近的家里一幢小别墅

他一直生活简朴但精神生活非常充实

当时英国的情况不是很好

英国政府里的人不是低能就是弱智

施特洛茨卡的兄弟

是施泰因霍夫精神病院主任医师

我们从维也纳逃到那里

提心吊胆地在施泰因霍夫待了十二天

然后去了瑞士

在日内瓦我们躲在一处地下室的小房间里

瑞士人没有给我留下太好的印象

瑞士这个民族是个没有个性的民族

但是您知道的没有无例外的常规

我们在日内瓦地下室小屋子里

倒也没有感到寂寞无聊

读了歌德的《塔索》

安娜和奥尔嘉

与我们一起经历着这一切

然后我们离开了瑞士

约瑟夫去了牛津我去了剑桥

等了两年我们才被大学聘用

这期间一直没有任何收入

利比希教授　我和我妻子

您也知道在意大利西西里岛上的卡尔塔尼塞塔

　　躲藏了八年

罗伯特教授　毫无疑问施特洛茨卡拯救了我们

他还是一位杰出的科学家呢

[齐特尔太太拿着第二罐水进来，放到桌上，

然后又走出去

安　娜　［对她叔叔

你要是请市长吃顿晚饭

我们就稳操胜券了

你很会与这些人打交道的嘛

罗伯特教授　［对利比希教授

去英国算是去对了很幸运

我在十二月份还见过施特洛茨卡教授几次

在那家烟雾弥漫的帕帕杰诺咖啡馆

他和他的妻子经常到那里吃饭

每次到德布林公墓

我总是从他的墓旁经过

舒斯特家族去世的人

一半埋在格林卿公墓

另一半葬在德布林

我妻子从来不逛公园

只喜欢去公墓转悠

她认为没有什么地方比公墓更美的了

［环顾四周

看到行李

让我心里总是产生一种不祥的感觉

它总是意味着远走他乡通向不幸的旅行

[齐特尔太太拿着插满剑兰的花瓶走进来，放
到桌子上，又走了出去

我哥哥他憎恨花卉

还有猫

这是第一次

齐特尔太太在这儿摆花

我哥哥在世时

她可不敢

第一次也是最后一次

我哥哥总是说

在外边随便养花

可在家里不行

兰道尔先生　舒斯特教授的每一次大课

我都去听

罗伯特教授　他上课一向准时

课的内容充实结构严谨

都经过精心的准备

这是不言而喻的

听他课的人最多

自然他很疑惑

他不完全相信他的听众

每当他们问起他的著作

他都避而不答

显得很没有耐性

他不想谈论他的著作

总的来说他不是一个健谈的人

他无比憎恨争论

他总是说

争论不会有任何结果

世界到处都在争论

得到的结果不是荒唐便是毫无意义

他和我谈话从来不谈他的工作

我在做什么他也从不过问

他根本就不感兴趣

他总是说你做事都很稳妥没有什么问题

就这么句话完了

我们俩之间这一辈子

没有进行过一次真正的交谈

他是一个像人们所说的不合群的人

让人难以接近

他总是说

任何一种哪怕是超乎寻常的努力也会徒劳无功

一切做出来的事物都是没有意义的

因为归根到底都不是大脑的作品

他太复杂了无法忍受这个世界

兰道尔先生　有一回我在热带植物园碰见他

他惋惜地说

他没有生活在一百年前

他说我们总是生活在错误的时代

我们大家只想生活在过去

我们可以按照我们的意愿

去把过去设计得非常美好

没有人想着生活在将来

但是所有的人必须走进将来

走进那冷漠而不友好的将来

我始终很敬佩舒斯特教授

罗伯特教授　可是他最反感被人敬佩

没有什么比这更让他厌恶的了

他憎恨这种事情

他像躲避瘟疫一样躲避崇拜者

［直接对兰道尔先生说

但是我知道他与您的关系

不同寻常

是那种相互尊重的关系

他甚至对别人对他怀有好感也持有戒心

他会立刻觉得这是一种占有的诉求

对他来说被钦佩的代价太高

他决不愿意付出这个代价

他公开发表的研究心得无疑都是奠基学科的
　　成果

但他不要因此而被人崇敬

如果在他那里还有什么幸福可言的话

安静不被打扰是他最大的幸福

兰道尔先生　教授曾经说有时候

我看到我周围都是幸福的人

真是这样兰道尔他说

大家都很幸福看起来都很开心

我没有弄错所有的人即使是那些

最可怜的最贫穷的人

心里也充满了幸福感兰道尔

然而我又只看到

他们大家无一例外地都极其不幸

利比希教授　他的生活很封闭

就像人们常说的他生活在沉思默想中

兰道尔先生	有几位听众
	打算和他一起去牛津
	您肯定一点都不知情吧
罗伯特教授	他拥有绝对可以信赖的忠实的粉丝
	他自己并不知道
兰道尔先生	舒斯特教授曾经是颇有影响的学问大家
罗伯特教授	这不一定使他招人待见
	他的同事都不接受他
	甚至可以说都憎恨他
	奥地利的大学教师
	今天几乎全都思想狭隘视野逼仄
	他们所谓的思考不值一提
	缺少最基本的知识前提
	几十年以来在我们的高等学府
	动脑思考竟然是奢侈的事情了
	加上控制一切的极端国家社会主义
	和极端的天主教思想
	今天大学教师水平之低下简直难以置信
	他们的无知和孤陋寡闻是灾难性的
	您想想看蒂罗尔和萨尔茨堡的纳粹
	占据着我们大学最重要的那些讲台

这不净等着大难临头吗

大学里宣讲的是高原山区的愚钝

事实就是这样

低俗平庸加上投机取巧

让人无法忍受的不学无术占据着讲坛

只能传授阿尔卑斯山区的愚蠢和弱智

岂有他哉

以前大学教师来自大资产者阶层

或者富有的犹太人家庭

今天的大学教师出身于没有教养的粗鄙的无产
　　阶级

以及愚钝无知的田野乡村

当今的文化领域的状况的确令人汗颜

《信使报》一个肥头大耳的评论员

竟然被认为是思想界的大腕

一个甚至还没有脱盲的郊野村夫

凭一副社会主义者的嘴脸当上了联邦总理

成了国家政要

这就是事实

在这个区区小国到处是弱智和低能

精神需求已降低至不能再降的最低程度

如果您行走在煤市大街

或者漫步在格拉本大街

或者沐浴在春风里沿着辛格尔大街向东走去

如果您能偶尔极其洒脱地忘掉自己

让自己不会去想这个国家如何可笑可悲

不去想这个国家如何丧失了责任能力

那么您就可能一年里头有几次

在这个城里也会找到舒适的感觉

您总是容易受奥地利这个国家的迷惑

比如您有时在餐馆里吃到了可口的美味

或者在一家咖啡馆里喝上一杯香浓的咖啡

但是您不要忘记

您所在的国家公众遭受危害的程度在欧洲首屈
　　一指

在这里愚蠢在发号施令

人权遭受践踏

如果有谁能够断然

以与这个国家彻底决裂实施自救

干脆让自己长眠在德布林公墓

那这个人就是特别值得羡慕的

对于我们这样的人公共墓地一向是唯一的出路

利比希教授

齐特尔太太　[上场，在门口停住，悄声说

　　　　　　教授夫人到

　　　　　　[重又走了出去

罗伯特教授　哦总算到了

　　　　　　[他欲站立，未成，安娜帮他站起来大家都站

　　　　　　了起来

　　　　　　她来了嫂夫人

　　　　　　[舒斯特教授夫人由她的儿子卢卡斯和齐特尔

　　　　　　太太领进来

　　　　　　罗伯特教授走向她，吻她的手，齐特尔太太又

　　　　　　走了出去，然后端进来一罐汤，在门口停住

卢卡斯　我们绕了一段路

　　　　我们先把尼德莱特小姐

　　　　送回了家

罗伯特教授　在我这个年纪

　　　　　　等待业已习以为常了

教授夫人　今天本来就不是寻常的日子

　　　　　　[利比希教授和利比希太太以及兰道尔先生向

　　　　　　教授夫人问好

罗伯特教授　得适应一切

在此期间我们已经学会了这样做

[欲坐到桌旁

安娜和奥尔嘉把扶手椅搬到桌旁，还有一个
箱子，扶手椅子不够用

卢卡斯引领教授夫人到桌旁，她坐下

罗伯特教授坐到她的对面

利比希教授和利比希太太坐下，奥尔嘉和兰
道尔先生也坐了下来

奥尔嘉坐在箱子上

齐特尔太太把汤放到餐桌上

很可能这是我们

最后一次在这里吃饭了

安　娜　还有一顿晚餐

罗伯特教授　到餐馆去

随便找一家餐馆

不是更好一些吗

[环顾四周

安　娜　齐特尔太太准备好了一切

她还从斯卢卡咖啡馆买来了鹿肉馅酥皮糕饼

罗伯特教授　从斯卢卡

这是我从小就喜欢吃的食品

　　　　　　　[对舒斯特教授夫人

　　　　　　　我很愿意坐出租车带上你

　　　　　　　可我不愿意碰见那个尼德莱特

　教授夫人　跟卢卡斯说好了的

　　　　　　　他送我回家

罗伯特教授　你和这位尼德莱特同乘一车

　　　　　　　假如你不反对

　　　　　　　我今天就在这里过夜

　　　　　　　今天我不回诺伊豪斯了

　教授夫人　你尽管留下好了

齐特尔太太　罗伯特教授先生的床已经打理好了

　　　　　　　更换了床单被罩

　　　　　　　[赫尔塔上场，拿上水罐走下

　　卢卡斯　[大声地

　　　　　　《明娜·封·巴尔海姆》

　　　　　　　是一出乏味的戏

　　　　　　　不过拿它消遣散心

　　　　　　　还是很不错的

　　　　　　　[对母亲

　　　　　　　要是去看《智者纳旦》

　　　　　　　那出做作的煽情剧

我愿意陪你去

《明娜·封·巴尔海姆》

这个戏太可笑了

[对大家

其实倒应该考虑考虑

在丧葬期间

去看那个滑稽可笑的《明娜》

是不是合适

要是去音乐之友协会听《安魂曲》

肯定大家都会同意

对吧罗伯特教授

不过话又说回来《明娜·封·巴尔海姆》是部

    轻松喜剧

应该允许悲伤者

去看《明娜·封·巴尔海姆》

这出德意志民族的小型的轻喜剧

丧葬期间的悲伤者

更不可以挑三拣四

再说在约瑟夫城剧院

即使是最严肃的悲剧

也以轻喜剧方式演出

这是这家剧院的特色

在那里一切戏剧都被弄成轻松的喜剧

《浮士德》《朱丽小姐》《丹东之死》

一概没有区别

二百年来在约瑟夫城剧院

只演轻松喜剧

罗伯特教授 城堡剧院则另有苦衷

仿佛它租赁了严肃

每次租约九十九年

约瑟夫城剧院观众的粗俗笑声

在城堡剧院则被驱逐殆尽

以至于人们在那里普遍感到压抑

维也纳的戏剧演出状况总是很糟糕

绝对不可救药了

卢卡斯 上午参加亲人的葬礼

晚上去看《明娜·封·巴尔海姆》

维也纳就是这个样子

罗伯特教授 如此这般

那真是无聊透顶

卢卡斯 罗伯特叔叔

维也纳就是彻头彻尾的无聊

顺便说一下尼德莱特小姐让我转达

她对舒斯特教授的去世深表哀悼

教授夫人　[边喝汤边说

我也想到

我可以一个人

去牛津待上一段时间

[大家都在喝着汤

也许一个人去牛津

的确荒唐

最好还是安娜和卢卡斯到那边

尽快地把那里的房子卖掉

[对安娜

你收到邮件了吗

安　娜　房产中介寄来的

教授夫人　是啊

安　娜　没有

教授夫人　把那处房产卖掉

不是轻而易举的事

我甚至还没有见过那套房子

安　娜　也许我得在牛津待一些时候

我在国家图书馆

可以请假

奥尔嘉也可以随我一道去

罗伯特教授 这个想法很好

安　　娜 等到把房子出手

恐怕也要几个月时间

教授夫人 我们当初返回维也纳后

应该立刻再回牛津

按我的意思我立刻就返回英国了

安　　娜 那座房子太好了

给一位哲学教授在那里住

几乎可以说是浪费

教授夫人 约瑟夫谁的话他都不听

我的确不想回来了

可是他一门心思要回维也纳

最初他也不想回是我想回

后来我不愿意回来

他非回来不可

是他一定要回维也纳

不是我

我们本来应该留在牛津的

罗伯特教授 他把牛津称为

精神家园

实际上我在剑桥他始终很妒忌

我这位利比希同事说

你们要不要保留牛津那所房子不卖

可以将它出租

就是说作为一处位于英国的庇护所

备而不用狡兔三窟嘛

安　娜　现在父亲已经去世了

这一切都没有意义了

教授夫人　还是要卖掉房子

当然不能随便就卖了

我也不想去看看它了

曾经想过现在不了

罗伯特教授　在诺伊豪斯你好好休息休息

奥尔嘉可以在诺伊豪斯你身边待一段时间

是不是奥尔嘉

奥尔嘉　如果妈妈愿意我陪她

教授夫人　我不待在诺伊豪斯

我无法忍受那个地方

在那儿我做什么呢

我在那儿一直觉得无聊

我也不像约瑟夫

在诺伊豪斯度过了童年

我在那儿总感到呼吸困难

从根本上说约瑟夫也不喜欢诺伊豪斯

他一再说服自己要喜欢那里

因为罗伯特也劝说他

不这不可能

我将在市中心买一套房子

尽可能在煤市大街和格拉本大街之间

就像现在到处都在建的那种顶层复式套房

离市中心越近越好

一切都是越中心越好嘛

可以把酿醋厂卖掉

［直接对罗伯特教授

我不理解你怎么能够忍受诺伊豪斯那个地方

罗伯特教授　兰道尔先生将关照

在牛津卖房一事

他和安娜卢卡斯一起到那边

［赫尔塔拿着重新倒满的水罐走进来，把它放

到餐桌上

就是说不登讣告了

教授夫人　不登讣告了

　安　娜　父亲不要印讣告

　　　　　他说他最恨的

　　　　　就是讣告

　奥尔嘉　他把身后的一切都仔细地做了安排

　安　娜　直至细枝末节

罗伯特教授　这不是他的风格

　　　　　他甚至还立下遗嘱

　　　　　简直让我吃惊

　　　　　我的确感到非常吃惊

　　　　　[对利比希夫妇和兰道尔先生

　　　　　这肯定也出乎你们的意料

　卢卡斯　我没有感到意外

　　　　　父亲一生狂热地追求精确

　　　　　他把一切都规定得细致入微

　　　　　在他那里就不存在偶然这个概念

　　　　　另外他憎恨像《明娜·封·巴尔海姆》这类
　　　　　　　戏剧

　　　　　他曾说莱辛作为文学家是典型的德国食指

　　　　　指手画脚好为人师

　　　　　莱辛的作品激昂慷慨多愁善感缺少幽默

那些腻味了歌德的德国人

现在视莱辛为救命稻草

抓住不放以掩饰他们的虚伪

罗伯特教授　戏剧总是摆出一副说教的面孔

装腔作势令人作呕

但是自然它也有助于家庭的欢聚

并且屡试不爽

教授夫人　[对利比希夫妇和兰道尔先生

东西全都打包装箱

家具已经运抵英国了

这张餐桌是我们要留在维也纳的

餐具也已经装进了行李

罗伯特教授　幸好这些行李提包

还没有往英国启运

否则的话那才是一出绝妙的喜剧呢

[大家都抬起头来

利比希教授将在明天早晨

将我哥哥的去世通报给教授们

关于自杀就不必谈了

在这个年龄突然死亡

并不奇怪

　　　　　　　每天在这个城市都有几千人自然死亡

　　　　　　　如果他们听到舒斯特教授不在人间了

　　　　　　　那他们将会大大地松一口气

　　　　　　　会有一种终于解放了的感觉

教授夫人　　我丈夫决定

　　　　　　　他的葬礼举行一周后

　　　　　　　才公布他的死讯

罗伯特教授　尽可以明天就告诉他们

　　　　　　　现在他不再干扰任何人了

　　　　　　　现在一切终于都成为过去了

　　　　　　　[赫尔塔一直站在罗伯特教授身后，现在走了
出去

　　　　　　　英雄广场缓缓响起民众的叫喊，那是一九三八
年对开进英雄广场的希特勒发出的欢呼，只
有教授夫人听到了这声音

　　　　　　　死亡是这世界上

　　　　　　　最自然不过的事情

　　　　　　　对吧利比希老同事

　　　　　　　[转向教授夫人，她突然停止了喝汤，身体僵
硬地坐在椅子上

　　　　　　　在诺伊豪斯齐特尔太太将为你做冷敷

200

她这一手可是名不虚传

诺伊豪斯会对你很有益处的黑德维希

在你找到合适的房子之前

你尽管把东西都放在诺伊豪斯

那里地方宽敞

克龙贝格尔太太

和齐特尔太太相处得很好

也许你就

在诺伊豪斯多住些时候

待你到了那里

这一切就会历历在目了

[除了教授夫人大家都在继续盛汤喝着

葬礼总是

很糟糕的事情

我一直在想

我死后千万别在中央公墓举行葬礼

埋在中央公墓

就是我自己也觉得恐怖

但是德布林公墓还可以

奥尔嘉　父亲的葬礼办得很妥当

教授夫人　诺伊豪斯始终让我心神不宁

我总是害怕待在那里

我这个人一向不习惯安静的环境

安静让我心烦

约瑟夫从来不理解

诺伊豪斯的宁静使我疾病缠身

罗伯特教授　无论什么事情到了你那里

其作用就截然不同了

你的反应总是异乎寻常

奥尔嘉　我始终很喜欢待在诺伊豪斯

卢卡斯　要依着我早就把在诺伊豪斯的房子卖了

窝在这样的愚昧乡村巢穴里

活着还有什么意思

我一向恨透了诺伊豪斯

我也不喜欢所谓风景如画的巴登

罗伯特教授　[对大家

我哥哥约瑟夫最恨疗养地

卢卡斯　在乡村人老得快

要比城里人快一倍

安　娜　理想的做法是变换着住

在诺伊豪斯待一阵子

然后再回维也纳住

然后又去诺伊豪斯

罗伯特教授 〔对利比希教授

您也应该

到诺伊豪斯来一次了

您答应到诺伊豪斯来

已经有二十年了

至今也没来过

诺伊豪斯比巴登还漂亮

我们的父亲一九一七年在诺伊豪斯

买的房产

当时属于这套房产的还有十六公顷草地

〔齐特尔太太上场，在门口停住

英雄广场民众的叫喊声越来越响

牛津的气氛

与剑桥的完全不同

牛津的气氛很有害

〔齐特尔太太走到窗前，拉下百叶窗

令人悲伤的

不是我哥哥去世了

而是我们仍然活着这是最可怕的

〔赫尔塔也来到窗前，站在齐特尔太太身旁

一辈子殚精竭虑

对什么都一贯追求最高标准

到头来毫无意义

他本来计划把书写成三卷

您知道的标题为时代的标志

现在一切还只是些片言断章

以及大量的纸条和卡片

[尽管拉下百叶窗，英雄广场的叫喊声仍然越

来越大，持续不停

说老实话

我本人所以返回维也纳

皆因对音乐的热爱

不是大学

也非音乐之外的一切

维也纳已然不是一座思想之城精神之都了

战前曾经是

战后不再是了

一切只不过都是虚假的自吹自擂

都是平庸和卑劣

不是吗利比希教授

利比希教授　当然是这样老同事

卢卡斯　　　可我觉得

维也纳是个让人很开心的城市

在这里一切都很有意思又好玩

罗伯特教授　　当年我们本应该到达维也纳火车西站后

就立刻返回

我们掉进了维也纳陷阱

我们受了奥地利的蒙蔽

我们大家都以为我们有一个祖国

但是我们没有

卢卡斯　　　也许我和妈妈

去剧院看《明娜》

这样一出特别无聊的戏

却常常能引发奇迹的出现

罗伯特教授　　约瑟夫受蒙蔽了

我们大家都上当了

去牛津绝对不是解决问题的办法

问题是

对我哥哥来说根本就没有解决的办法

［教授夫人的身体向上挺了挺，仍然僵直地坐

在那里

在这个世界上最可怕的国家里

您只有一个选择

就是黑色的猪猡还是红色的猪猡

令人无法忍受的臭气散发开来

从霍夫堡皇宫从巴尔豪斯政府广场

从议会大厦

弥漫到这个衰败堕落国家的各个角落

[大声地

这个弹丸小国是一个硕大的粪堆

利比希教授　您这么说人家要说您精神恍惚了

联邦总理不是已经说了

那些常常产生幻觉的人

得去看医生

罗伯特教授　多么令人愤慨

岂止是愚蠢和呆钝

他再也无法忍受了

我们那不幸的哥哥

既然所有奥地利人都是不幸的

那么也就不能说

只有他是一个不幸的人了

[齐特尔太太和赫尔塔走到餐桌旁为罗伯特教

授、利比希教授夫妇和兰道尔先生添汤

当英雄广场民众的叫喊声越来越响，已到了
可以忍受的极限时，罗伯特教授大声地说
这一切都是
返回维也纳这一荒谬的想法惹的祸
[声音更高地
但是这个世界上难道还有不荒谬的想法吗
[教授夫人向前一头栽到餐桌上
在场的人全都惊骇不已

[剧终

以极端的夸张去认识和表现世界——代译后记

托马斯·伯恩哈德从写诗和散文作品开始，后来放弃了诗歌创作，以戏剧取而代之，并非偶然，其一，他那滔滔不绝的独白体叙述特点不适合诗歌，其二，1955—1957年他进入萨尔茨堡莫扎特音乐和戏剧艺术学院学习声乐、导演和话剧表演，这段经历对他后来的文学创作产生了重要影响。

《习惯的力量》（1974）是伯恩哈德第一部真正意义上的喜剧。主人公是年迈多病的马戏团老板，为了克服衰老和平庸的现状，决定让小丑、杂耍、驯兽师和走钢丝的外孙女和他一起排练演奏舒伯特的《鳟鱼五重奏》。二十多年里，他恩威并施，企图将这些人的兴趣从维持生计的马戏表演移开，转到高雅音乐上来，怎奈这些员工皆朽木不可雕，终归徒劳无功，每次排练都不了了之。在莎士比亚的戏剧里我们看到可怖的事物可以是很可笑的，伯恩哈德则告诉我们，可笑的事物反过来可以是很可怕的。拖着一只假腿、经常腰酸背痛的马戏班主，为了实现他一厢情愿的目标，每天胁迫他的员工占用本该苦练杂技的时间，演奏他们根本不懂、也不感兴趣的古典音乐名曲。为了让他们明白这样做的意义，他穿凿附会地卖弄从浪漫派大师诺瓦利斯那里搬过来的、连他自己也弄不懂的一些概念和术语，拉大旗做虎皮，吓唬他的员工。每次排练之于他们都是一场噩梦，这噩梦折磨了他们二十年，怪诞的做法逐渐变成了马戏团的常规，目的不见了，习惯掌握了权力。在员工面前，暴戾恣睢的马戏团老板最终也成了习惯力量控制的奴隶，他承认他也不愿意练习演奏，但他必须这样做。他经常挂在嘴边的"明天奥格斯堡"，随着时间的推移已不是激励自己和员工勤学苦练的口号，而只是流于形式，甚至内容也发生了变化，到奥格斯堡已不再是要去演出《鳟鱼五重奏》，而是去买松香、琴弦和搓腰背的药水。这位色厉内荏的马戏团老板辜负了他那与意大利民族英雄相同的姓氏——"加里波第"，到头来成了一个可笑又可怜的失败者。

该剧首演后被评为年度最佳，主人公扮演者米奈蒂被评为年度最佳男演员。

《总统》（1975）看上去像一出纯粹的政治剧，实际上只不过外壳如此而已，内里表现的仍然是伯恩哈德作品持之以恒的主题之一：如何坚持和实现自我。动荡在追求和失败之间，在无上权势和胆怯恐惧之间的生存状态是既可笑又可卑的。戏的情节发生在总统私人生活环境里，总统是个政治暴发户，出身贫微，依靠钻营和奋斗，攀登上政治生涯的高峰，然后立刻把作为登顶阶梯利用的结发妻子抛在一边，公开与女演员约会、外出度假。被他斥为变态的妻子在精神上和肉体上分别依附于神父和肉铺老板。他们唯一的儿子离家出走，加入了无政府主义者的行列，行刺国家和政府首脑和高官。最近一次行刺，总统幸免于难，他的心腹卫士丧命。夫人的爱犬、她的心肝宝贝因惊骇过度而死亡。戏的前两场，总统及其夫人在洗浴和化妆，在他们洁身、打扮和着装的过程中，虽然总统在与按摩师说笑，总统夫人对用人颐指气使，但惊恐一直与其相伴。总统夫人看着空狗筐说，我们都恨他（指总统），他折磨我们，折磨所有的人。但她仍然享受着身为总统夫人的地位和荣耀，虽然嘴上说当总统夫人如何不易。

葬礼之后，心有余悸的总统和情人躲避到国外，在风景如画的海滨城市过着挥金如土的奢侈生活。总统教导女演员，艺术之路与政治之路一样，也是以肆无忌惮和残忍铺设起来的，他安慰她说，在剧院演不上主角没关系，好得很，你就可以在我这里演主角，跟我，跟国家元首周游世界，你是我知道的最伟大的演员。虽然不能安全地留在

211

自己的国家里，但在异乡有女演员在身边，他仍然感到了作为总统拥有的无上权力。扬言要报复，要不择手段实现最高目标的总统，不久便成为葬礼的主角，躺在了灵堂的棺柩里。权力既有诱人的光环，也有难以抗拒的腐蚀。极权必然导致崩溃。事实证明，总统周围的世界并非如他所说都是垃圾和粪土，失去健全理智的是他自己。

伯恩哈德最后一部戏剧是《英雄广场》（1988）。数学教授、犹太人舒斯特在奥地利于1938年并入纳粹德国之后，举家流亡英国。对故乡之思念，加之维也纳市长力邀他回国任教，他返回了奥地利，在维也纳英雄广场旁安家落户。当他发现，距希特勒在维也纳英雄广场发表讲演已过去五十年了，但是他的同胞的情感和观念并没有改变，他决定再次流亡伦敦；最终他认识到，无论在英国还是在维也纳，都再也找不到在家的感觉了。于是，虽然已清理房舍，打点行装准备再去牛津执教，但他改变了主意，跳楼自杀了。这出戏从舒斯特一家举行完葬礼后走在回家的路上开始，后来在已经卖掉了的公寓房里，他的妻子、他的弟弟罗伯特教授，还有儿子和两个女儿，在管家和女仆准备的午餐桌旁坐下来，话题围绕着为什么舒斯特最后走上了这条道路。午餐还没有结束，舒斯特教授妻子一头栽到餐桌上停止了呼吸，因为她耳边响起了英雄广场上民众欢呼希特勒

212

的声响，并且越来越强烈，她终于无法忍受，发病身亡。

这不是一出简单的政治剧，或者说不是那种黑白分明的说教剧，主人公舒斯特教授是一个性格很复杂的人物，他思维敏捷，目光犀利，是颇有学术专长的学者，是受学生追捧的教授。但同时他又是不折不扣的家庭暴君，他自私、专横，视儿女为妖魔，因岳母是演员便百般冷落和歧视妻子。身体有病的妻子成了他的累赘，而女管家却成为他的至爱亲朋和生活伴侣。他身上也有极权主义的思想和行为，纳粹的受害者也受到害人者语言的影响，他和他的兄弟罗伯特教授的不少话语让人想到希特勒《我的奋斗》中的语言。伯恩哈德的目光能穿透面具，他曾写道："所有的人都是怪物，只要他们脱掉外壳。"由此我们看到，伯恩哈德对奥地利掩饰过去、没有深刻反思历史这个问题的批判是多层面的，是辩证的。然而，这个有话不好好说、敢于直截了当出重拳批评奥地利的伯恩哈德，注定再次闯下了大祸。这出戏还在排练中，便因媒体泄露出内容片断而引起轩然大波，上至国家前总理、政党首脑，下到普通民众，都对这出戏口诛笔伐，扬言要把作者驱逐出境，甚至以牢狱和死亡相威胁。与此同时，某些文化艺术部门、一些作家和部分媒体支持这个戏，主张应该让它照常公演。1988 年 11 月 4 日，在推迟了数日后，《英雄广场》终于在城堡剧院首

213

演，观众十分踊跃，剧场观众席不时出现代表不同观点的横幅，经常同时出现的嘘声和掌声常常使演出中断，中间休息时观众仍然在激烈地争论，两个半小时的戏持续了近五个小时，演出结束时观众的掌声、喝彩声长达二十多分钟。当时的新闻记者、后来的文学评论家勒夫勒女士写道："整个奥地利成了一出托马斯·伯恩哈德喜剧，这是一出伯恩哈德都难以设想的、最居心叵测、最狡猾、最具揭露性的喜剧，整个奥地利是舞台，所有奥地利人是配角，主角坐在巴尔豪斯广场（政府所在地）、坐在报社编辑部和政党中心。"特别具有讽刺意味的是，伯恩哈德写在《英雄广场》里那些极其夸张的话语，与它们引起的这场现实的闹剧相比，不仅谈不上夸张，反而显得缩手缩脚，苍白无力了。

1988年，这是奥地利的"反思年"。在奥地利，右派政党影响增强，瓦尔德海姆在其纳粹军官历史背景被揭露后，仍然被选为总统，他公开表示"当年他只不过是履行义务"，"决不辞职"。

《英雄广场》的巨大成功，是作者和导演始料不及的，人们争相买票观看，尽管必须有警察荷枪实弹维持秩序，演出仍然场场爆满。

伯恩哈德把他的国家对待历史的态度坚持作为他创作的重要主题，因此人们害怕他，说他不仅去统计和点数埋在地下的尸体，而且对散发到地上的气味也不放过。

伯恩哈德揪住这个问题不放，而且直言不讳，这种"狂妄、傲慢无礼的行径"自然遭到仇视。然而他的作品产生了社会作用。1991年奥地利政府决定对"二战"中遭受迫害的犹太人予以补偿，1993年维也纳城堡剧院在耶路撒冷参加了以色列狂欢节活动，演出了由克劳斯·派曼执导的、伯恩哈德的戏剧《里特尔、德纳、福斯》，1994年总理弗拉尼茨基政府代表团访问以色列，第一次在公开讲话中正式承认奥地利对"二战"纳粹的罪行也负有责任。

2011年，奥地利在纪念伯恩哈德诞辰八十周年之际，包括当年那家带头围剿伯恩哈德的《新皇冠报》都改变了态度，媒体称伯恩哈德为奥地利当代文学的杰出代表。国内外多个剧团在上演他的《英雄广场》《习惯的力量》等剧目。

今天人们到剧场看《英雄广场》这出戏，当然不会再像当年那样情绪激动了，今天人们会感叹作家对人物的刻画，佩服作家的胆识和魄力，他把大多数人已经习以为常的观点和行为方式通过歪曲和夸张让他们受到惊扰，甚至让他们反感和愤怒，同时也使本来就感到不舒适、长期受压抑但不知道原因是什么的人顿时豁然开朗，并找到了表达的语言。他的夸张艺术归根到底是为了更准确地观察和认识这个世界。

奥地利前驻华大使博天豪说，伯恩哈德运用艺术夸张强调了我们国家和民族的阴暗面，把我们奥地利人从舒适和享受中唤醒，推动我们去深入地思考，这正是艺术的重要价值所在。

伯恩哈德通过艺术夸张手法往往能够更准确看清这个纷乱、怪诞的世界。1966年他写道，"我们将融入一个欧洲，这个欧洲可能在另一个世纪出现"，果然一个统一的欧洲出现了。1988年在《英雄广场》里，通过主人公舒斯特教授，他判断说，"中国将主宰世界"，"亚洲的时代已经开始了"。我们不知道伯恩哈德对中国有多少了解，但他清楚西方世界面临的问题。中国在世界因金融危机经济普遍衰退的情况下，持续保持强劲发展的势头，综合国力日益增强，在全世界后危机时代起到中流砥柱的作用，从这个意义上讲，伯恩哈德的话是颇有见地的。

总之，托马斯·伯恩哈德的作品让人们看到，在一个精神受到普遍蔑视的时代，注重精神的人遭受的痛苦。他通过夸张的艺术手段来实施拯救，把可怕的事物极端化，让它变得滑稽可笑，以便使人们能够忍受。伯恩哈德的作品始终着力表现注重精神的人永远也不会被人真正地理解的处境——永远是孤家寡人，同时他也没有忽视，在注重精神的人周围，人们会感到冷得发抖。如果说，在塑造舒斯特教授这个人物时，伯恩哈德想到的是路德维希·维特根斯坦，那么在他兄弟罗伯特教授身上很明显有作家自己的影子。这表明，伯恩哈德犀利的批判目光并没有漏掉注重精神的人，包括他自己。

伯恩哈德的作品常常是开放的、多义性的，我对上述作品的解读只是一家之言，仅供参考。

马文韬

2011 年春于芙蓉里

托马斯·伯恩哈德生平及创作

1931　托马斯·伯恩哈德生于荷兰海尔伦。母亲赫尔
　　　塔·伯恩哈德与阿洛伊斯·楚克施泰特未婚怀孕。
　　　赫尔塔于1930年夏离开奥地利，到荷兰打工做保
　　　姆，1931年2月9日生下托马斯。操木匠手艺的
　　　生父不承认这个儿子，逃脱责任去了德国。这年秋
　　　天，母亲将托马斯送到维也纳她父母家里。

1935　外祖父母迁居奥地利萨尔茨堡州的泽基尔兴，外祖
　　　父约翰内斯·弗洛伊姆比希勒是位作家，很喜欢托
　　　马斯这个外孙。

1936　母亲赫尔塔与理发师埃米尔·法比安在泽基尔兴结婚。

1937　继父法比安在德国巴伐利亚州找到工作，母亲带托
　　　马斯随后也到了那里。

1938　生父楚克施泰特与他人结婚。母亲生下彼得·法比
　　　安，托马斯的同母异父弟弟。

1940　母亲生下苏珊·法比安，托马斯的同母异父妹妹。

生父楚克施泰特在柏林自杀。

1941	母亲与托马斯不睦，托马斯作为难以教育的儿童被送到特教所。
1943—1945	在萨尔茨堡读寄宿学校，经历了盟军对萨尔茨堡的轰炸。
1946	法比安一家被逐出德国，移居萨尔茨堡。一大家人包括外祖父母，挤在拉德茨基大街两居室单元房里。托马斯读高级中学。
1947	托马斯辍学，在萨尔茨堡贫穷的居民区一家位于地下室的食品店里当学徒。
1948—1951	托马斯患结核性胸膜炎，后来加重发展成肺病，在多处医院住院治疗，在寂寞、无聊，甚至绝望中，他开始了阅读和写作。
1949	外祖父去世。
1950	结识斯塔维阿尼切克医生的遗孀——比他大三十七岁的黑德维希·斯塔维阿尼切克女士，她直至1984年逝世始终支持伯恩哈德的文学活动。通过这位居住在维也纳的挚友，正在开始写作的伯恩哈德接触了奥地利首都的文化界。伯恩哈德在他的散文作品（亦称小说）《维特根斯坦的侄子》中借助主人公"我"说，"我有我的毕生恩人，或者说我的命中贵人，在外祖父去世后她是我在维也纳最重要的人，是我毕生的朋友……坦白地讲，自从她三十多年前出现在我身旁那个时刻起，可以说我的一切都归功于她"，这就是伯恩哈德对这位女士的评价。伯恩哈德的母亲去世。

1952	发表文学创作处女作：诗歌《我的一块天地》，刊登在《慕尼黑水星报》上。
1952—1955	通过著名作家卡尔·楚克迈耶的介绍，担任萨尔茨堡《民主人民报》自由撰稿人。与斯塔维阿尼切克女士一起到意大利威尼斯、南斯拉夫等地旅行。
1955—1957	在萨尔茨堡莫扎特音乐学院学习声乐和表演。
1957	发表第一部著作：诗集《世上和阴间》。
1960	参加戏剧演出。
1963	散文作品《严寒》由德国岛屿出版社出版，引起德语国家文学评论界的注目，报界认为这是文学创作一大重要成就。到波兰旅行。
1964	发表短篇《阿姆拉斯》。获尤利乌斯·卡姆佩奖。
1965	在上奥地利州的奥尔斯多夫购置一处旧农家宅院，后来又在附近购置两处房产，整顿和装修持续了几乎十年。由于伯恩哈德的身体状况，医生要他经常去欧洲南部有阳光和空气清新的地方，实际上他很少住在奥尔斯多夫这一带，但是这些地方成为他作品里人物活动的中心。获德国自由汉莎城市不来梅文学奖。
1967	发表长篇《精神错乱》。获德国工业联邦协会文化委员会文学奖。由黑德维希·斯塔维阿尼切克女士资助，伯恩哈德住进维也纳一家医院治疗肺病。从此黑德维希伴随伯恩哈德经历了他生活中的喜怒哀乐。她成为伯恩哈德生活的中心，反之亦然。在《历代大师》中，主人公雷格尔回忆妻子的许多话语反映出伯恩哈德与她之间的关系。

221

1968　　　发表散文作品《翁格纳赫》。获奥地利国家文学奖和安东·维尔德甘斯奖。

1969　　　发表散文作品《玩牌》、短篇集《事件》等。

1970　　　第一个剧本《鲍里斯的节日》由德国著名导演克劳斯·派曼执导，在汉堡话剧院首演，之后德语国家许多知名剧院都将该剧纳入演出计划。后来派曼应邀到维也纳执导多年。伯恩哈德的杰出戏剧成就在某种程度上得益于这位导演的艺术才华。同年发表散文作品《石灰厂》。获德国文学最高奖毕希纳奖。

1971　　　到南斯拉夫举行朗诵作品旅行。发表散文作品《走》和电影剧本《意大利人》。

1972　　　由派曼执导的《无知者和疯癫者》在萨尔茨堡艺术节首演，由于剧场使用方面的一个技术问题与萨尔茨堡艺术节主办方发生争执，该剧被停演。获弗朗茨·特奥多尔·乔科尔文学奖和格里尔帕策奖。退出天主教会。

1974　　　戏剧作品《狩猎的伙伴们》在维也纳城堡剧院上演。《习惯的力量》在萨尔茨堡艺术节上首演。获汉诺威戏剧奖。

1975　　　自传性散文作品系列第一部《原因》问世。戏剧作品《总统》首演。发表散文作品《修改》。

1976　　　戏剧作品《著名人士》《米奈蒂》首演。发表自传性散文作品《地下室》。获奥地利联邦商会文学奖。萨尔茨堡神父魏森瑙尔把伯恩哈德告上法庭，指控《原因》中的人物弗朗茨是影射他，玷污了他的名誉。

222

1978	发表剧本《伊曼努尔·康德》、短篇集《声音模仿者》、散文作品《是的》(即《波斯女人》),以及自传性散文作品《呼吸》。
1979	伯恩哈德以戏剧作品《退休之前》参加关于德国巴登-符腾堡州州长是否具有纳粹背景的讨论。在联邦德国总统瓦尔特·谢尔被接纳进德国语言文学科学院后,伯恩哈德宣布退出该科学院,不再担任通讯院士。
1980	德国波鸿剧院首演《世界改革者》。
1981	戏剧作品《到达目的》首演。发表自传性散文作品《寒冷》。
1982	发表长篇散文作品《水泥地》《维特根斯坦的侄子》,以及自传性散文作品《一个孩子》。戏剧作品《群山之巅静悄悄》首演。
1983	散文作品《沉落者》问世。
1984	戏剧作品《外表捉弄人》首演。发表散文作品《伐木》引起麻烦,由于盖哈德·兰佩斯贝格声称名誉受到该作品诋毁而起诉了作者,该书被警方收缴。翌年兰佩斯贝格撤回起诉。进入1980年代,黑德维希·斯塔维阿尼切克健康状况变坏,1984年病故,在维也纳格林卿公墓与其丈夫埋葬在一起。
1985	发表长篇散文作品《历代大师》。萨尔茨堡艺术节上演《戏剧人》。
1986	戏剧作品《就是复杂》在德国柏林席勒剧院首演。萨尔茨堡艺术节上演《里特尔、德纳、福斯》。发表篇幅最长的、最后一部散文作品《消除》,一出

奥地利社会的人间戏剧，主人公的出生地沃尔夫斯埃格成为奥地利历史的基本模式。

1987　发表剧作《伊丽莎白二世》。

1988　由派曼执导的伯恩哈德的话剧《英雄广场》提醒人们注意 50 年前欢呼希特勒的情景并没有完全成为过去，由于剧情提前泄露引起轩然大波，奥地利第一大报《新闻报》抨击该剧"侮辱国家尊严"，某位政治家要求开除剧本作者的国籍，部分民众威胁作者和导演当心脑袋，演出推迟三周后才冲破重重阻力，于 11 月 4 日在维也纳城堡剧院首演，演出盛况空前，引起欧洲乃至世界的关注。

1989　2 月 10 日伯恩哈德在遗嘱上签字，主要内容是在著作权规定的 70 年内禁止在奥地利上演和出版他已经发表的或没有发表的一切著作。由于长期患肺结核和伯克氏病，并出现心脏扩大症状，加之呼吸困难和心力衰竭，2 月 12 日伯恩哈德在上奥地利州的格蒙登逝世。2 月 16 日遗体安葬在维也纳格林卿公墓，与其命中贵人黑德维希·斯塔维阿尼切克女士及其丈夫葬在一起。

文景

社 科 新 知　文 艺 新 潮

Horizon

英雄广场

［奥地利］托马斯·伯恩哈德　著

马文韬　译

出 品 人：姚映然
责任编辑：高晓明
营销编辑：杨　朗
装帧设计：XYZ Lab

出　　品：北京世纪文景文化传播有限责任公司
　　　　　（北京朝阳区东土城路8号林达大厦A座4A　100013）
出版发行：上海人民出版社
印　　刷：山东临沂新华印刷物流集团有限责任公司
制　　版：南京展望文化发展有限公司

开 本：787mm×1092mm　1/32
印 张：7.25　　字 数：122,000　　插 页：2
2024年4月第1版　　2024年4月第1次印刷
定 价：75.00元
ISBN：978-7-208-17559-4 / I · 2000

图书在版编目（CIP）数据
英雄广场 /（奥）托马斯·伯恩哈德
(Thomas Bernhard) 著；马文韬译. —上海：上海人
民出版社，2022
　书名原文：Heldenplatz
　ISBN 978-7-208-17559-4
　Ⅰ.①英…　Ⅱ.①托…②马…　Ⅲ.①话剧—剧本—
奥地利—现代　Ⅳ.①I521.35
中国版本图书馆CIP数据核字（2022）第000275号

本书如有印装错误，请致电本社更换　010-52187586